Klarant Verlag

Rolf Uliczka ist geboren und aufgewachsen am Rande der romantischen Holsteinischen Schweiz und lebt mit seiner Frau seit einigen Jahren im Saterland. Menschen in all ihren Facetten und ihre Geschichten haben ihn schon immer fasziniert. Auch das Schreiben war und ist eine seiner größten Leidenschaften. Ostfriesland, das Land der Leuchttürme, des Wattenmeeres, der grünen Landschaften mit seinen geheimnisvollen Mooren und Inseln, wo jährlich Millionen ihren Urlaub verbringen, bietet ihm viel Stoff für das Unerwartete. Genau das macht auch die Spannung seiner Ostfrieslandkrimis aus.

Rolf Uliczka

Strandkörvmord in Neuharlingersiel

Die Kommissare Bert Linnig und Nina Jürgens ermitteln: 19. Fall

Ostfrieslandkrimi

Klarant Verlag

Copyright © 2025 Klarant GmbH, Rockwinkeler Heerstraße 83, 28355 Bremen
Klarant Verlag, www.klarant.de – www.ostfrieslandkrimi.de
Email: ostfrieslandkrimis@klarant.de
ISBN: 978-3-68975-153-1
1. Auflage 2025
Umschlagabbildung: Klarant Verlag

Anmerkung des Autors: Es handelt sich bei dem Ostfrieslandkrimi *Strandkörvmord in Neuharlingersiel* um eine frei erfundene Geschichte. Eventuelle Ähnlichkeiten mit realen Personen, Firmen, Gesellschaften, Behörden, Vereinen oder Örtlichkeiten wären grundsätzlich rein zufälliger Natur. Dies gilt auch für Orte, Institutionen und Personen der Handlungen, die konkret benannt sind, sowie kulturelle und touristische Sehenswürdigkeiten, die real, aber im Zusammenhang mit der frei erfundenen Geschichte ausschließlich fiktiv eingebunden sind. Als Beispiele seien hier genannt: der Inhaber des Neuharlingersieler Kultlokals *Dattein*, Berthold Kissmann, der Inhaber des Restaurants *Harle-Stübchen* in Wittmund, Lars Ch. Kröger, und die namentlich in einer Gastrolle als Bewährungshelferin mitspielende Franziska Liesmann.

Printed in the EU.

1. Kapitel

Es war Anfang Juni, und die Sommersaison stand an der ostfriesischen Nordseeküste unmittelbar bevor. Wie eine Herde kleiner Schäfchen trieb heute der leichte Nordwestwind kleine Wölkchen über den azurblauen Himmel. Die Wassertemperatur am Strand von Neuharlingersiel war im Moment noch etwas für ganz abgehärtete Badegäste. Aber die ersten wärmenden Strahlen der Junisonne hatten heute schon einige Urlauber in die Strandkörbe gezogen. Besetzte Körbe erkannte man schon von Weitem daran, dass sie mit dem Rücken zu den sanften Wellen standen, die von Nordwesten heranrollten.

Benjamin Hölter, den seine Freunde nur Benny nannten, war einer der Hartgesottenen, die sich nicht von einem kurzen Bad in der Nordsee abhalten ließen. Mit seinen über eins achtzig und dem Waschbrettbauch zog der studiogebräunte Endzwanziger die Blicke auf sich. Schwarzes, halblang gewelltes Haar und ein Dreitagebart rundeten das Bild ab. Hinzu kam der äußerst charmante Blick seiner dunklen Augen. Er selbst stellte dazu gern die Frage: »Können diese Augen lügen?«, was schon manches Frauenherz hatte dahinschmelzen lassen.

Heute war er solo, und es war sein erster Tag für die beginnende Saison an der Küste. Morgen musste er seinen Job als Saisonkellner in der beliebten Neuharlingersieler Hafenkneipe Dattein antreten, die immer dienstags geschlossen hatte, sodass er heute noch den Tag genießen konnte. Es war bereits seine dritte Saison hier in Neuharlingersiel. Wie schon in der diesjährigen Ostersaison hatte er sich beim gleichen Vermieter eine kleine Ferienwohnung in der Nähe des Neuharlinger Sieltiefs gemietet.

Als Benny von seinem kurzen Bad zu seinem Strandkorb zurückkam, war er etwas enttäuscht, dass die junge Blondine, die ihn vorhin noch vom Nachbarstrandkorb so aufreizend angelächelt hatte, jetzt einen Partner mit im Korb sitzen hatte und ihn keines Blickes mehr würdigte.

Nachdem er sich abgetrocknet und gesetzt hatte, um noch ein wenig die Sonnenstrahlen auf der Haut zu genießen, nahm er sein Handy aus der Tasche. Er hatte eine WhatsApp-Nachricht:»Moin

Benny, schön, dass du wieder da bist! Hast du heute Nachmittag Zeit? Kurt hat einen Termin in Emden und wird erst heute Abend wieder zurück sein.«

»Ich bin gerade am Strand und kurz im Wasser gewesen. Werde in etwa einer halben Stunde in meiner Ferienwohnung sein. Ich freue mich auf dich!«, antwortete er und hatte es dann auf einmal sehr eilig.

Da er saloppe Sportbekleidung trug, machte er sich im Dauerlauf auf den Weg zu seiner Wohnung. Er verfügte über eine ausgezeichnete Kondition, daher brauchte er für die etwa eineinhalb Kilometer vom Strand bis zum Neuharlinger Sieltief keine acht Minuten. Dann sprang er noch schnell unter die Dusche. Er hatte gerade zwei Gläser und eine frisch gekühlte Flasche Sekt auf den kleinen Couchtisch gestellt, als es an der Wohnungstür klingelte.

Vor der Tür stand eine attraktive brünette Mittvierzigerin in einem wadenlangen geblümten Chiffonkleid. Sie hielt eine Sektflasche in der Hand und drückte ihm einen herzhaften Kuss auf seine Lippen. »Benny, ich freue mich, dass du wieder da bist«, hauchte sie ihm ins Ohr. »Du hast mir sehr gefehlt!«

»Du mir auch«, hauchte er zurück und zog sie zur Tür herein.

Nachdem die Frau die Flasche Sekt auf dem Flurschränkchen abgestellt hatte, schlang sie die Arme um Bennys Hals und zog ihn zu einem langen Kuss zu sich heran.

»Linda, schön, dass du jetzt schon zu meiner Begrüßung kommen konntest«, sagte Benny zu ihr, während er die gekühlte Flasche Sekt öffnete und einschenkte. »Damit hatte ich heute noch nicht gerechnet. Sonst wäre ich gar nicht erst zum Strand gegangen.«

Dann nahmen beide einen tiefen Schluck aus dem Glas, bevor sie sich erneut in die Arme fielen.

»Zum Abendessen wird Kurt wohl zurück sein. Bis dahin habe ich Zeit«, sagte Linda und zog Benny in das Schlafzimmer.

Unterwegs erleichterte sie ihn bereits von seinem T-Shirt und begann an ihrem Kleid die Knöpfe der vorderen Knopfleiste zu öffnen. Benny entging nicht, dass sie keinen BH darunter trug, als er sie wie eine Feder hochnahm und sanft auf das Bett legte, um dann die restlichen Knöpfe zu öffnen.

Er war ein erfahrener Lover und wusste seine Partnerin einfühlsam in himmlische Sphären zu bringen. Aber auch sie wusste genau, wie er zu beglücken war. Beide verloren jedes Zeitgefühl, bis Linda auf einmal auf ihre Uhr schaute und ausrief: »Mein Gott, hoffentlich ist Kurt noch nicht zurück. Ich muss ja noch das Abendessen vorbereiten.«

Nach einem flüchtigen Kuss sprang sie in ihr Kleid und war kurz darauf auch schon zur Tür raus.

Benny machte es sich kurz darauf mit einer Pizza aus dem Tiefkühler, die er von zu Hause mitgebracht und nun im Backofen aufgebacken hatte, vor dem Fernseher gemütlich.

Der Krimi war bereits zu Ende, als von Linda noch eine WhatsApp-Nachricht einging: »Du warst mal wieder das, was ich schon lange gebraucht habe. Bei mir hat alles noch rechtzeitig geklappt. Schlaf gut. Ich melde mich wieder.« Dann folgten noch ein paar Smilies.

Benny war froh, dass Linda es noch rechtzeitig geschafft hatte. Er nahm sich trotzdem vor, vorsichtig zu sein. Schließlich waren Linda und Kurt die Vermieter der vier Ferienwohnungen im zweiten und dritten Stock, von denen er zum wiederholten Mal eine gemietet hatte. Selbst bewohnten die Vermieter die gesamte Wohnfläche im Erdgeschoss.

Am nächsten Morgen begegnete Benny seiner Vermieterin im Hausflur. Verstohlen legte sie ihren Finger quer über ihren Mund und sagte dann laut: »Moin Benny, mit dem Zimmer alles in Ordnung?«

»Moin Linda, alles okay, wie immer. Ich mache noch schnell meine Joggingrunde, bevor ich später zur Schicht ins Dattein muss. Schönen Tag noch!«

»Dir auch«, rief Linda ihm dann noch hinterher, bevor sie ihre Wohnung betrat.

Als Benny von seiner Laufrunde zurückkam, schien außer dem Feriengast in der Wohnung neben ihm niemand im Haus zu sein. Auf dem Parkplatz vor dem Haus standen nur dessen und sein Auto, wie gestern auch. Das Auto seiner Vermieter stand nicht im Carport, und die anderen beiden Ferienwohnungen waren offensichtlich zurzeit noch nicht belegt.

Seine morgendliche Joggingrunde hatte ihn wie immer über das Neuharlinger Sieltief zu einem Weg durch die Felder und von dort zur Cliener Straat geführt. Dieser war er bis zum Kutterhafen gefolgt. Dann war er am Dattein vorbeigelaufen, bis zur Station der Seenotretter und der Helling, in der Reparaturarbeiten an den Kuttern aus Neuharlingersiel und anderer Häfen durchgeführt wurden. Dort hatte er den Deich überquert, um dann zwischen Wasserkante und Strand, vorbei an der Kite- und Windsurfschule Windloop, bis zur Drachenwiese zu laufen. Nachdem er erneut den Deich zum Campingplatz überquert hatte, war er von dort zu seiner Unterkunft beim Neuharlinger Sieltief zurückgekehrt.

Das waren über fünf Kilometer, die er jeden Morgen lief. Auch wenn er seit einiger Zeit an keinen Kickbox-Wettkämpfen mehr teilnahm, ging er zu Hause in Wilhelmshaven, wann immer es seine Zeit zuließ, noch zum Training. Hier in Ostfriesland besuchte er in seiner Freizeit ersatzweise ein Fitness-Studio in der Nähe, um sich in Form zu halten.

Von seiner Ferienwohnung bis zum Dattein betrug die Entfernung am Neuharlinger Sieltief entlang einen knappen Kilometer, den er in der Regel zu Fuß ging. Da er noch keine Schichteinteilung hatte, meldete er sich heute Morgen um zehn Uhr im Dattein bei seinem Chef, Berthold Kissmann.

Dieser hatte das alte Haus im Neuharlingersieler Hafen 1999 mit seiner Frau übernommen und mit viel Liebe zum Detail restauriert. Es war mit seinen über dreihundert Jahren eins der ältesten, wenn nicht sogar das älteste Gebäude im Hafen. Jetzt war daraus eine urige Hafenkneipe mit viel ostfriesischem Charme geworden, welche innen gut neunzig, auf der Terrasse fünfundzwanzig und im Biergarten weiteren dreißig Gästen Platz bot. Ständig wechselnde Livemusik-Veranstaltungen würden das Dattein auch in diesem Sommer wieder zu einem beliebten Anlaufpunkt für erlebnishungrige Feriengäste machen.

Der ungewöhnliche Name ›Dattein‹ hatte zudem auch eine interessante Geschichte: Irgendwann im Zuge der Umbaumaßnahmen war man auf die Idee gekommen, die Kneipe nach der Hausnummer ›13‹ zu benennen. Und da auf Plattdeutsch ›dreizehn‹ ›dartteihn‹ hieß, was ›dattein‹ ausgesprochen wurde, hatte man einen einzigartigen Namen gefunden, in der Hoffnung, dass die ›13‹ Glück brachte.

»Benny, zum Auftakt der Hauptsaison haben wir in dieser Woche gleich vier Livemusik-Auftritte geplant, und du bist ab heute bis zum kommenden Sonntag zur Spätschicht eingeteilt«, informierte ihn Berthold Kissmann. Als Benny sich vor drei Jahren zum ersten Mal bei ihm auf eine Ausschreibung hin als Saisonkellner beworben hatte, war Berthold am Anfang noch skeptisch gewesen, ob der wie ein spanischer Torero wirkende Kellner überhaupt engagiert seinen Job machen würde. Heute war er froh, dass Benny sich auch in diesem Jahr wieder bei ihm gemeldet hatte.

»Kein Problem, Chef«, antwortete der Angesprochene. »Hab schon auf dem Plakat im Aushängekasten am Hafen gesehen, dass die Live-Acts für Mittwoch, Donnerstag, Samstag und Sonntag angekündigt sind. Freu mich schon drauf. Und wie sieht es in der kommenden Woche aus?«

»Da bist du in der Frühschicht.«

»Alles klar. Dann will ich mal in der Küche Moin sagen, bevor ich mich noch etwas aufs Ohr haue. Hab wieder die gleiche Ferienwohnung wie in der Ostersaison. Passt also alles. Bis dann, Chef.«

Als Benny in die Küche kam, wurde er mit großem Hallo empfangen. Man merkte, dass der Charmeur bei allen sehr beliebt war. Und das, obwohl die Bezeichnung ›Schlitzohr‹ noch eine naive Verniedlichung seines Charakters gewesen wäre. Er hatte es nämlich faustdick hinter den Ohren. Dass das nur selten für Außenstehende erkennbar wurde, war seiner doch recht hohen Intelligenz geschuldet. Er verfügte zum Beispiel über ein phänomenales Gedächtnis, was ihm ganz besonders als Kellner zugutekam. Aber er behielt auch immer ganz genau im Hinterkopf, welchem Mitmenschen er irgendwann welche Lüge aufgetischt hatte.

In seinem Job als Kellner brauchte er sich keine noch so große Bestellung aufzuschreiben und brachte dennoch jedes Detail dem richtigen Gast. Wenn er lobend darauf angesprochen wurde, wiegelte er zumeist sehr bescheiden ab. Auf gar keinen Fall spielte er diese Fähigkeit in überheblicher Weise gegenüber seinen Kolleginnen und Kollegen aus, was ihn in deren Augen sehr sympathisch wirken ließ. Ein guter Psychologe hätte das sicher schnell als Teil einer sehr raffinierten Strategie enttarnt.

Nach außen hin wirkte er auch strafrechtlich unbescholten, da zur Bewährung ausgesetzte Jugendstrafen in polizeilichen Führungszeugnissen, die von normalen Arbeitgebern eingesehen werden konnten, nicht ausgewiesen werden durften.

Was er zwischen seinen Einsätzen als Kellner im Dattein in Wilhelmshaven trieb, hätte auch sein Chef nicht genau sagen können. Da Benny aber immer pünktlich und engagiert seinen Job machte, hatte dieser sich mit der nichtssagenden Antwort auf seine entsprechende Frage zufriedengegeben: »Dies und das. Ich hab ein bisschen Geld aus einer Erbschaft auf der Seite. Ich treibe viel Sport und tue bei einer Fernuni etwas für meine Bildung.«

Nachdem er mit den anwesenden Kolleginnen und Kollegen den ersten Smalltalk charmant hinter sich gebracht hatte, ging er mit einer der Köchinnen, Anne Bergmann, nach draußen in den Biergarten, um mit ihr eine Zigarette zu rauchen, auch wenn er selbst eigentlich sonst nicht rauchte. Die beiden waren im letzten Jahr und in der diesjährigen Ostersaison schon miteinander intim gewesen, obwohl Anne in Esens mit einem Sicherheitskurier verheiratet war. Dazu hatten sie dann Annes Campingwagen genutzt, der auf einem der Dauerstellplätze im westlichen Teil des Neuharlingersieler Campingplatzes stand.

»Benny, ich habe schon auf dich gewartet!«, sagte die junge Köchin mit der hippen roten Kurzhaarfrisur. Ihre grünen Augen blitzten ihn lustvoll an, und in diesem Moment hätte er sie am liebsten auf ihren sinnlichen Schmollmund geküsst. Aber an einem der Tische saßen Gäste und blickten gerade zu ihnen herüber.

Nachdem sich Anne und Benny ihre Zigaretten angezündet hatten, sagte die Köchin: »Übrigens, ich wohne zurzeit ganz im Camper … und du hast natürlich immer freien Eintritt!«, fügte sie dann noch mit einem hintergründigen Lächeln hinzu.

»Was heißt das, du wohnst jetzt ganz im Camper?«, wollte es Benny genau wissen, obwohl er die Antwort schon zu kennen glaubte.

»Ich hatte die Nase voll. Ewig dieses Hinterherschnüffeln von meinem Alten. Kinder konnte er auch keine zustande bringen und schob das immer mir in die Schuhe. Aber er selbst verweigerte eine Untersuchung seiner Spermien. Und da er das Haus von seinen Eltern geerbt hatte, bin ich bei ihm ausgezogen und habe die Scheidung eingereicht. Meine Sachen stehen in einem Storage und der Campingwagen gehört ja mir. Bis ich eine neue Wohnung gefunden habe, werde ich dort erstmal bleiben.«

Bevor die beiden diese neue Lage näher besprechen konnten, wurde Anne in die Küche gerufen. Benny machte sich auf den Weg zu seiner Unterkunft, um noch ein wenig vor seinem ersten Einsatz im Datteln zu relaxen. Als er dort ankam, stand nur sein Auto auf dem Parkplatz vor dem Haus. Er ging davon aus, dass der andere Feriengast und die Vermieter unterwegs waren.

Als er die Haustür aufschloss, stand Linda schon im Flur. Sie schien ziemlich durch den Wind zu sein. »Wir müssen unbedingt reden«, sagte sie und fiel ihm dann weinend um den Hals.

»Linda, was ist passiert? Komm, lass uns raufgehen und in Ruhe sprechen. Du weißt doch, es wird nichts so heiß gegessen, wie es gekocht wird.«

Schon auf dem Weg nach oben sagte die aufgeregte Frau: »Er weiß es. Er weiß, dass wir gestern zusammen waren.«

»Komm, lass uns im Wohnzimmer in Ruhe über alles reden«, versuchte Benny sie erneut zu beruhigen.

»Lass uns in die Küche gehen«, erwiderte Linda. »Von da haben wir den Parkplatz vor dem Haus im Blick und sehen, wenn Kurt wieder zurückkommt. Außerdem müssten heute noch die Gäste für die beiden oberen Wohnungen ankommen. Ich möchte auch nicht, dass dein Wohnungsnachbar mich bei dir rauskommen sieht, wenn er zurückkommt.«

Sie stellten sich so vor den Küchenschrank, dass sie die Zufahrt zum Grundstück im Blick hatten, ohne selbst von unten gesehen zu werden. Dann sagte Benny: »Jetzt erzähl mal, woher weiß dein Mann, dass wir gestern zusammen waren?«

»Er hat sich mit deinem Wohnungsnachbar unterhalten, und der hat ihm erzählt, dass er gestern eine ganze Zeit lang immer wieder meine Lustschreie gehört hätte. Und dass außer ihm und uns beiden zu der Zeit niemand im Haus gewesen wäre.«

»Naja, so ganz leise warst du ja wirklich nicht …«

»Meine Nachbarin, mit der ich schon seit vielen Jahren befreundet bin, hatte mich gestern, kurz bevor Kurt nach Hause kam, angerufen. Erst hat sie ein bisschen rumgedruckst und mich dann gefragt, ob ich viel Spaß gehabt hätte oder ob Damenbesuch bei dir gewesen wäre. Sie hatte dein Auto ja auf dem Parkplatz gesehen, und sie hat um Ostern rum schon mal etwas von uns mitbekommen, wie sie mir dann erzählte.«

»Und was hast du ihr gesagt?«

»Natürlich, dass du Damenbesuch hattest. Aber sie hat uns auch reden hören und meine Stimme erkannt. Ihre Terrasse ist ja schräg unterhalb von deinem Schlafzimmerfenster. Da hab ich überhaupt nicht dran gedacht, sonst hätte ich das gekippte Fenster zugemacht. Jedenfalls hab ich sie gebeten, Kurt zu sagen, ich wäre gestern Nachmittag bis kurz vor seiner Rückkehr bei ihr gewesen – falls er danach fragt.«

»Und dann hat er bei ihr nachgefragt, und sie hat dir ein Alibi gegeben, oder?«

»Als er mich nach dem Gespräch mit deinem Wohnungsnachbarn danach fragte, habe ich ihm das so gesagt, und er hat auch bei meiner Freundin angerufen. Sie hat bestätigt, dass ich den ganzen Nachmittag bei ihr gewesen wäre, aber so richtig geglaubt hat er es ihr und mir wohl nicht. Jedenfalls hat er angedroht, dass er dich rausschmeißen will, wenn er nachher von der Arbeit nach Hause kommt.«

»Ich muss mal eben ein kurzes Telefonat führen«, sagte Benny und ging mit seinem Handy ins Bad.

Er rief im Dattein an und bat darum, Anne mal kurz ans Telefon zu holen. Gleich darauf war sie am Apparat: »Wo brennt es denn, Benny, dass du mich sogar vom Herd wegholen lässt?«

»Gilt dein Angebot, dass deine Tür im Camper jederzeit für mich offen steht?«

»Mensch, Benny, sag bloß, du ziehst bei mir ein? Scheiße, freu ich mich! Komm her und hol dir den Schlüssel zum Paradies in der Parzelle drei mal sechs ab. Du kennst das ja schon, die

Parzellennummer ist Programm. Es ist mir scheißegal, warum du dich plötzlich dazu entschieden hast, zumal die Ferienwohnung ja wohl sicher in mancher Hinsicht bequemer gewesen wäre. Wow, ich werde heute Nacht auf dich warten, verlass dich drauf! Und dann musst du arbeiten!«

»Anne, du weißt doch, von dieser Arbeit kann ich gar nicht genug bekommen. In einer halben Stunde hole ich den Schlüssel bei dir ab. Bis dann Küsschen!«

Als Benny wieder zu Linda in die Küche zurückkam, empfing ihn diese mit der Frage: »Sag bloß, du hast schon eine neue Unterkunft. So schnell? Du hast wohl noch andere Eisen im Feuer, nicht nur mich, oder?«

»Liebe Linda, jetzt kommt es erst einmal darauf an, dich aus der Schusslinie zu bekommen und gegenüber deinem Mann zu reha-bilitieren. Daher komme ich einem Rausschmiss deines Mannes zuvor. Aber damit er nicht denkt, dass er mit seinen Vorwürfen dir gegenüber recht hat, verlange ich von ihm, und damit zwangsläufig leider auch von dir, die Hälfte der vorausgezahlten Miete in bar zurück. Andernfalls sehen wir uns vor dem Kadi wieder, das kannst du ihm von mir ausrichten! Ich würde das dann so begründen, dass du mir im Einvernehmen mit deinem Mann gekündigt hast. Das richtet sich natürlich nicht gegen dich, liebste Linda. Aber wenn ich diese Forderung nicht erheben würde, sähe das ja wie ein Schuldeingeständnis aus.«

»Benny, du bist ganz schön cool und clever. Und ich denke, du hast recht. Ich gehe jetzt runter und du kannst packen. Wenn du fertig bist, werde ich dir das Geld gegen Unterschrift übergeben und meinem Mann sagen, dass du ganz schön sauer bist und deshalb das Geld zurückverlangt hast. Schließlich beruhen seine Vorwürfe ja nur auf Hörensagen und mein Alibi wird einfach so beiseitegeschoben.«

Kurz darauf war Benny mit Sack und Pack und dem Bargeld unterwegs zum nächsten Bankautomaten, um dieses Geld auf sein Konto einzuzahlen. Danach ging er im Dattein vorbei, um sich von Anne den Schlüssel zu holen. Anschließend wurde es dann schon langsam Zeit, sich auf seine Spätschicht bis nach Mitter-nacht vorzubereiten.

***

Die Woche war für Benny wie im Flug vergangen. Es war selbst für ihn anstrengend gewesen, nach dem jeweiligen Spätdienst im Dattein immer nochmal im Camper ordentlich ranzumüssen. Dafür konnte er aber bis mittags schlafen, während Anne als Köchin immer nur die Tagschicht hatte.

Er freute sich schon auf die nächste Woche, in der er mit der Frühschicht die gleiche Arbeitszeit wie Anne haben würde. Auch wenn das für ihn bedeutete, dass er schon früh sein Laufprogramm durchführen müsste. Aber das machte ihm wenig aus, da er normalerweise Frühaufsteher war und gerne schon bei Sonnenaufgang auf die Piste ging, wenn die Bodennebel noch über die Wiesen und Felder waberten.

Für den Montagmorgen beschloss er, seine Joggingrunde ausfallen zu lassen. Schließlich musste er noch bis Sonntagnacht im Dattein kellnern. Als er nach Mitternacht zum Camper kam, wurde er schon erwartet und Anne forderte noch ihr Recht. Sie schien eine Menge Nachholbedarf zu haben. Zum Glück waren in der Vorsaison die Dauerstellplätze gerade im Westteil des Platzes nur spärlich besetzt. Anne konnte und wollte ihre glücklichsten Momente akustisch nicht verbergen.

Aber so ganz ohne Wahrnehmung blieb es offensichtlich in der Camper-Nachbarschaft dann doch nicht. Als Benny sich am Mittwochmorgen bereits kurz nach sechs auf seine Runde machte, kam der übernächste Nachbar, ein grauhaariger Rentner mit beleibter Körpermitte, gerade aus seinem Wagen heraus und grüßte: »Moin Nachbar. Na, die rothaarige Köchin vom Dattein scheint ja was nachholen zu wollen. Mit ihrem Alten hatte sie wohl nicht so viel Spaß. Da hat man nie was gehört.«

»Moin«, erwiderte Benny grinsend den Gruß. »Du kennst doch sicher den Silvester-Klassiker, Dinner for one. I'll do my very best.«

»Nicht zu überhören. Dann weiterhin viel Spaß!«

Benny war froh, dass es hier keine eifersüchtigen Ehemänner gab, die ihm einen Platzverweis erteilen konnten. Bei diesem

Gedanken musste er erneut grinsen. Witzigerweise führte ihn kurz darauf seine Laufrunde auch wieder an Lindas Haus vorbei. Im Moment war er gut ausgelastet und hatte kein Bedürfnis, bei ihr reinzuschauen. Dies wäre aber wohl auch nicht ratsam gewesen, denn Kurts Auto stand im Carport.

Es war ein Bilderbuch-Junimorgen. Die Frühnebel waberten noch auf den Weiden und Feldern hinter dem Neuharlinger Sieltief. Auf manchen Weiden lagen schon die ostfriesischen Schwarzbunten beim Wiederkäuen. Auf der Cliener Straat waren um diese Zeit noch nicht viele Autos unterwegs. Auch im Kutterhafen war alles ruhig. Nur beim Bäcker auf der rechten Hafenseite gaben sich die Frühaufsteher die Klinke in die Hand. Die Krabbenkutter lagen noch im Hafen. Um Treibstoff zu sparen, fuhren sie grundsätzlich erst bei ablaufendem Wasser zum Krabbenfang aus.

Benny war soeben am Gebäude der Seenotretter vorbeigelaufen. Hinter der Helling wollte er gerade zum Deich abbiegen, als ihm plötzlich Kurt in den Weg trat. »Wir beide haben noch was zu klären«, sagte der über zwei Meter große muskelbepackte Ehemann von Linda und machte ein paar Schritte in Angriffspose auf ihn zu. »Hast du etwa gedacht, dass du mir entgehen kannst, wenn du dich heimlich davonmachst?«

Dann schlug er zu. Der Schlag ging aber ins Leere. Offensichtlich wusste er nicht, dass er es mit einem sehr wendigen wettkampferprobten Kickboxer zu tun hatte. Benny pflegte das auch in Neuharlingersiel nicht an die große Glocke zu hängen. Seine sportliche Fitness wurde am Strand allein schon durch sein ausgeprägtes Sixpack sichtbar. Aber da war er seinem gehörnten Vermieter noch nie begegnet.

»Linda hat mir schon gesagt, dass du glaubst, sie wäre mit mir im Bett gewesen«, versuchte Benny seinen Angreifer zu beruhigen, während er dessen nächstem Schlag geschickt auswich. »Ja, ich hatte Damenbesuch, aber nicht von deiner Frau! Das kannst du ihr und mir ruhig glauben!«

»Alles Lügen! Ich habe Zeugen!«, brüllte Kurt voller Wut und holte zum nächsten Schlag aus, dem sein Kontrahent erneut geschickt auswich.

»Mensch Kurt, komm mal runter«, erwiderte dieser um seinen Angreifer herumtänzelnd. »Mein Wohnungsnachbar mag ja lustvolles Stöhnen einer Dame gehört haben. Deine Frau war es jedenfalls nicht! Außerdem hat er nicht neben unserem Bett gestanden! Also ist das eine üble Verleumdung! Jetzt beruhig dich endlich mal und lass uns vernünftig miteinander reden!«

Aber stattdessen streifte der nächste Schlag Bennys Schläfe und sein Ohr. Mit Kurt war offenbar nicht mehr zu reden! Gleich darauf wurde Kurt von einem kräftigen Fußtritt in den Solarplexus getroffen, der ihm die Luft zum Atmen nahm, und im gleichen Augenblick zertrümmerte ein Faustschlag blutig sein Nasenbein. Der kraftvolle Fußtritt gegen seinen Kopf nahm dem zu Boden gestürzten Hünen schließlich die Sinne.

Benny schaute sich kurz um. Es war niemand zu sehen. Dann ließ er den Mann einfach liegen und war im Nu auf der Strandseite des Deiches verschwunden. Für einen Moment überlegte er noch, ob er sich das Blut von seiner Hand im auflaufenden Wasser der Nordsee abwaschen sollte. Aber dazu hätte er mit seinen Joggingschuhen ins Wasser gehen müssen. Das Blut konnte er sich auch in der kleinen Toilette von Annes Wagen abwaschen. Jetzt musste er erst einmal möglichst unauffällig verschwinden, damit Kurt nicht sah, wo er jetzt untergekommen war.

Auch am Strand und bei den Strandkörben war noch alles ruhig. Kein Mensch zu sehen. Benny hatte schon gut einhundert Meter hinter sich gebracht. In einiger Entfernung konnte er die Kite- und Windsurfschule Windloop vor der Drachenwiese ausmachen. Von da würde er es über den Deich nur noch ein paar Hundert Meter bis zu Annes Camper haben.

Er überlegte, ob Kurt schon wieder zu sich gekommen war und was der jetzt wohl als Nächstes machen würde. Aber bevor er diesen Gedanken zu Ende denken konnte, traf ihn von hinten ein peitschender Schmerz im Rücken bis in seine Eingeweide. Dann schwanden ihm die Sinne.

2. Kapitel

Erster Kriminalhauptkommissar Bert Linnig wollte an diesem Mittwochmorgen im Polizeikommissariat Wittmund mit seinem Team gerade das Morgenmeeting beginnen, als sich das Handy seines Mitarbeiters, Polizeikommissar Oke Helmers, meldete.

»Oke, geh ruhig ran. Könnte wichtig sein«, sagte Bert. »Wir haben ja auch noch nicht mit dem Meeting begonnen.«

Daraufhin nahm der junge Kommissar das Gespräch an: »Moin Wilko. Ist es sehr wichtig? Wir sind gerade im Meeting.«

»Moin Oke, ik hebb hier een Dode«, meldete der Angesprochene auf Plattdeutsch.

»Wilko, ik schalt up luut, denn könen all lüstern«, hakte Oke ein und fuhr an das Team gewandt fort: »Das ist mein Cousin Wilko.« Dann forderte er diesen auf: »So, Wilko, nu segg dat noch enmaal!«

»Ik hebb een Dode in de Strandkörv funnen«, präzisierte Wilko seine Meldung in seiner Aufregung erneut auf Plattdeutsch.

»Mein Cousin sagt, dass er einen Toten in einem Strandkorb gefunden hat«, übersetzte Oke für die Nichtostfriesen im Team, obwohl er eigentlich davon ausging, dass die das auch so verstanden hatten. Dann fügte er noch hinzu: »Er vermietet am Strand von Neuharlingersiel die Strandkörbe.«

»Ich spreche mit deinem Cousin«, sagte Bert und Oke übergab ihm sein Handy.

»Moin, Kommissar Bert Linnig, ich bin der Chef Ihres Cousins. Sind Sie sicher, dass der Mann tot ist?«

»Der ist tot! Offene gebrochene Augen, weder Atmung noch Puls und ein großer Blutfleck mit Loch im Bauchbereich seines T-Shirts. Nach den Spuren im Sand hat den jemand vom Weg vor dem Wasser hierher geschleift und im Strandkörv abgelegt. Lange kann das noch nicht her sein. Sein Handgelenk ist noch warm.«

»Das ist eine sehr präzise Aussage, danke! Können Sie mir sonst noch etwas über den Mann sagen?«, hakte Bert noch einmal nach.

»Ich kenne ihn«, sagte Wilko. »Er heißt Benny und ist Saisonkellner im Dattein. Wie er mit Nachnamen heißt, weiß ich nicht. Im Dattein nennen ihn alle nur Benny.«

»Okay, wir werden gleich bei Ihnen sein. Dann können wir uns weiter unterhalten. Jetzt ist erstmal wichtig, dass Sie nichts mehr anfassen und außer Ihnen niemand zu dem Toten kommt. Können Sie auch dafür sorgen, dass niemand die Spuren um den Strandkorb herum verwischt? Moment! … Ich höre gerade von meiner Kollegin, dass bereits ein Streifenwagen zu Ihnen unterwegs ist. Die Polizisten übernehmen dann die Absperrung. Nochmals vielen Dank und bis gleich. Dann übergebe ich das Handy nochmal Oke.«

Während Oke mit seinem Cousin sprach, gab Bert Anweisungen für den Einsatz seines Teams. Der Leiter der Soko Wittmund war Mitte fünfzig, und über dreißig Jahre Polizeidienst hatten bei ihm schon so manche Spuren hinterlassen. Einen Großteil seiner Dienstzeit hatte er in der Ruhrmetropole Essen verbracht, bevor er sich als Erster Kriminalhauptkommissar nach Ostfriesland auf eine dort ausgeschriebene Stelle bewarb.

Seine muskulöse Statur, die ausgeprägten Züge und sein glattrasierter Schädel mit dem bereits leicht ergrauten Dreitagebart verliehen dem über eins achtzig großen Mann mit dem stechenden Blick etwas Verwegenes. Er war ein Mann der Tat, der sich selbst und seinem Team sehr viel abverlangte, aber dabei ausgesprochen fair blieb. Bei seinem Engagement war es kaum verwunderlich, dass seine erste Ehe schon vor Jahren auf der Strecke geblieben war.

Seine Stellvertreterin, Kriminalhauptkommissarin Nina Jürgens, wies viele Gemeinsamkeiten mit ihrem Chef auf. Beide hatten ihr Leben absolut nur auf den Beruf ausgerichtet. So war es nicht verwunderlich, dass auch hinter ihr eine gescheiterte Ehe lag. Nina kam aus Hannover und war dort bei der Drogenfahndung eingesetzt gewesen. Die nicht planbaren Dienstzeiten führten seinerzeit zum Scheitern ihrer Ehe, woraufhin sie sich auf eine frei gewordene Stelle beim Kommissariat in Wittmund bewarb und so Berts Partnerin wurde.

Auch sie hatte einen hohen Anspruch an sich selbst und das Team. Nina war eine Frau mit sehr markanten Gesichtszügen, was durch ihre extrem kurzen schwarzen Haare noch unterstrichen wurde. Sie war etwa einen halben Kopf kleiner als Bert und verfügte über eine drahtige, sportliche Figur. Dass sie schon manchen Karatekampf gewonnen hatte, sah man ihr nicht unbedingt an.

Inzwischen waren Bert und Nina in einem zivilen Dienstfahrzeug und Polizeioberkommissarin Rita Schneider und Oke in einem Einsatzbus unterwegs nach Neuharlingersiel.

Die weitere Koordination im Kommissariat oblag Polizeioberkommissarin Silke Jansen, die inzwischen auch bereits die Spurensicherung alarmiert hatte. Die in Ostfriesland geborene blonde Silke war mit ihren etwa ein Meter fünfundsechzig, ihrer gemütlichen Figur und sympathischen Ausstrahlung fast sowas wie das emotionale Zentralgestirn im Team. Sie kümmerte sich überwiegend um den Innendienst. Da sie, wie es in Ostfriesland nicht unüblich war, mal das Haus ihrer Großeltern erben sollte, war sie sehr mit der ostfriesischen Scholle verbunden.

Ganz im Gegensatz dazu war ihre Kollegin Rita Schneider, die jetzt mit Oke im Einsatzbus unterwegs war, der Karriere wegen zum Team gestoßen. Rita wollte in einer Soko Erfahrungen sammeln, um eines Tages eine Ausbildung zur Profilerin zu machen. Dazu war sie vor einiger Zeit von Osnabrück nach Wittmund versetzt worden. Sie war eine sehr ehrgeizige, quirlige junge Polizistin mit sportlicher Figur, und als ehemalige Landesmeisterin im Sprint hatte sie schon so manchen Ganoven mit ihrer Schnelligkeit überrascht. Mit ihrer mittelblonden Kurzhaarfrisur, ihren ebenmäßigen Gesichtszügen und einem gewinnenden Lächeln verfügte sie über eine sehr sympathische Ausstrahlung.

Ihr Kollege Oke Helmers, der den Einsatzbus fuhr, stammte aus Neuharlingersiel. Dort bewirtschafteten seine Eltern einen Milchwirtschaftsbetrieb, den sein Bruder mal übernehmen sollte. Er war mit gut zwei Metern Länge und den blonden Strubbelhaaren ein typischer Ostfriese. Oke war auf dem Hof seines Großvaters, den jetzt sein Vater führte, mit seinem Bruder, seinem Cousin Wilko und einer Cousine aufgewachsen. Deren Mutter war eine dunkelhäutige Niederländerin, die von den niederländischen Antillen stammte. Daher wuchsen er und sein Bruder zweisprachig auf. Für Oke hatte sich das schon bei manchem gemeinsamen

Einsatz mit Kollegen aus den Niederlanden bewährt. Zudem war er der Computer- und IT-Freak im Team.

Die kleine Kolonne, der sich bereits die Kollegen der Spurensicherung mit ihren Einsatzfahrzeugen angeschlossen hatten, wurde von dem zivilen Dienstfahrzeug des Soko-Leiters Kommissar Bert Linnig angeführt. Gefahren wurde der Wagen von seiner Stellvertreterin Nina Jürgens. Inzwischen war die fast fünfzehn Jahre jüngere Beamtin aber nicht nur dienstlich seine Partnerin, sondern auch seine Ehefrau.

Es war heutzutage nicht mehr ungewöhnlich, dass Eheleute in einer Polizeidienststelle gemeinsam Dienst taten. Aber dass sie als Ehepaar auch in einem Team gemeinsam in Einsätze gingen, wurde eigentlich nicht gern gesehen. Nina und Bert waren aber erst im Laufe der Jahre nicht nur als dienstliche Partner zusammengewachsen, sondern auch zunächst als heimliches Liebespaar und vor noch gar nicht so langer Zeit auch als Ehepaar. Was nach außen hin jedoch nicht zu erkennen war, da sie ihre ursprünglichen Nachnamen behalten hatten. Daher wussten nur die engsten Mitarbeiter und Vorgesetzten davon.

Obwohl Nina bei einem Teameinsatz sogar ihr gemeinsames Kind verloren hatte, drückten die Dienstvorgesetzten bei den Eheleuten Linnig/Jürgens nach wie vor ein Auge zu und rissen dieses sehr erfolgreiche Team nicht auseinander. Hier beugte sich die bürokratische Norm ausnahmsweise mal dem dienstlich sehr effizienten Nutzen, wie die beiden gerade als Team immer wieder unter Beweis gestellt hatten.

Inzwischen erreichte die Kolonne der überwiegend zivilen Polizeifahrzeuge mit Blaulicht Neuharlingersiel. Nina fuhr über die Zufahrt zum Hafen in die Edo-Edzards-Straße, die an der Rückseite des Badewerkes über die gepflasterte Deichkrone schräg nach unten zu einer schmalen Asphaltstraße am Fuß des Deiches führte. Dort schwenkte sie nach rechts und fuhr bis zum Häuschen der Strandkorbvermietung. Die Kollegen der Streife hatten den Tatort um den Strandkorb mit dem Toten, der sich nur wenige Meter vor dem entlang der Wasserkante verlaufenden Weg befand, weiträumig mit Trassierband abgesperrt. Unmittelbar davor hatten sie einen provisorischen Sichtschutz aufgestellt.

Inzwischen war es bald neun Uhr und einige Feriengäste am Strand. In Sichtweite des Strandkorbes mit dem Toten hatte sich eine kleine diskutierende Gruppe an der Absperrung gebildet.

Bei dem Häuschen wurden die Ermittler bereits von Okes Cousin erwartet, und Oke stellte ihm seinen Chef vor.

»Moin Herr Helmers, vielen Dank für Ihre detaillierte Meldung!«, sagte Bert. »Können unsere Fahrzeuge der Spurensicherung bis zur Absperrung dahinten fahren? Die haben einiges an Equipment dabei. Mein Team und ich lassen die Autos hier stehen.«

»Kein Problem«, erwiderte Wilko. »Übrigens, Ihr Doktor ist schon bei dem Toten.«

In dem Moment war auch der Leiter der Spurensicherung, Erster Kriminalhauptkommissar Sören Nansen, dazugekommen und hatte die Frage seines Kollegen noch gehört. Sören war ein großgewachsener, sehr sportlicher und muskulöser Ostfriese mit gepflegter dunkler Frisur. Mit Bert verband ihn seit Längerem eine über das Dienstliche hinausgehende Männerfreundschaft.

»Moin zusammen! Ich habe mitgehört«, begrüßte Sören die Anwesenden. »Wir werden dann gleich mit unseren Fahrzeugen zum Tatort fahren. Unser Doc macht wohl diese Woche Urlaub auf dem Campingplatz hinter dem Deich und ist deswegen schon da?«

»Moin Sören, der hat da seit einiger Zeit einen Dauerstellplatz«, sagte Bert lachend. »Wahrscheinlich nutzt er die etwas ruhigere Zeit vor dem Beginn der Sommerferien.«

»Gut für uns. So brauchen wir nicht zu warten, bis er von der Rechtsmedizin aus Oldenburg hierhergefahren ist«, erwiderte Sören und ging dann zu seinem Auto zurück.

Bert beauftragte Rita und Oke, bei den anwesenden Feriengästen nachzufragen, ob sie irgendwelche Wahrnehmungen zu melden hätten. Dann ging er zu Nina, die gerade mit dem Vermieter der Strandkörbe sprach.

»Herr Helmers hat mir gerade gesagt, dass der Tote Sportkleidung trägt und dass er davon ausgeht, dass der beim Joggen war«, informierte Nina ihren Mann. »Er ist damit einverstanden, dass ich das Gespräch fürs Zeugenprotokoll mit dem Smartphone aufzeichne.«

»Korrekt«, bestätigte Wilko und fuhr dann fort: »Übrigens joggte Benny öfter hier am Strand.«

»Woher wissen Sie das? Haben Sie das beobachtet?«, hakte die Kommissarin ein.

»Ja, wenn er Spätschicht hatte, dann habe ich ihn mittags manchmal auf dem Weg am Strand laufen sehen.«

»Das klingt so, als wenn er auch andere Schichten hatte«, wollte es der Soko-Leiter genau wissen.

»Ich habe ihn mal im Dattein darauf angesprochen. Da hat er mir gesagt, dass er eigentlich jeden Tag läuft, um sich fit zu halten. Wenn er keine Spätschicht hatte, lief er allerdings schon ganz früh, bevor ich mein Häuschen hier aufmachte.«

»Wann machen Sie das denn auf? Und waren schon viele Leute am Strand, als Sie heute Morgen kamen?«, wollte Nina wissen.

»Ich hab mein Häuschen wie immer um acht Uhr aufgemacht. Dann suche ich mit meinem Fernglas erst einmal den Strand ab, ob da zum Beispiel nach einer nächtlichen Strandparty Müll rumliegt. Etwas weiter links habe ich ein Pärchen gesehen, das gestern bei mir einen Strandkorb für die Woche gemietet hatte, die sind jetzt auch noch da. Und dann habe ich dahinten den toten Mann in dem Strandkorb entdeckt. Erst dachte ich, dass der da besoffen seinen Rausch ausschläft. Dann fiel mir der große Blutfleck auf seinem weißen T-Shirt auf. Deswegen bin ich zu dem hin.«

»Waren zu der Zeit noch weiter Leute hier am Strand?«, bohrte Bert noch einmal nach.

»Das kann ich nicht genau sagen. Es könnte auch sein, dass schon der eine oder andere Feriengast vor mir gekommen war, um in seinem Strandkorb die ersten Sonnenstrahlen zu genießen. Es ist heute Morgen für die Jahreszeit ja schon recht warm. Je nachdem, in welche Richtung die Strandkörbe ausgerichtet sind, kann ich sie von meiner Hütte aus einsehen oder auch nicht. Das sehen Sie ja von hier selbst. Inzwischen dürften geschätzt vielleicht fünfzehn bis zwanzig Leute am Strand sein.«

»Okay, Herr Helmers, vorerst mal vielen Dank!«, sagte der Kommissar. »Wir wollen noch mit unserem Rechtsmediziner sprechen und kommen wieder auf Sie zu.«

Dann gingen die beiden Kommissare die etwa einhundert Meter zu dem Strandkorb, in dem der Tote lag. Als die beiden dort ankamen, waren die Spurensicherer noch dabei, ihr Equipment auszuladen. Zwei Kollegen hatten bereits professionelle Stellwände als Sichtschutz um den Toten herum aufgebaut. Dr. Rabe, der Rechtsmediziner, untersuchte den Toten.

»Moin Doc«, sagte Bert. »Können Sie schon etwas zu dem Toten sagen?«

»Moin. Der Mann wurde von hinten erschossen. Davon unabhängig hat er eine Verletzung am linken Ohr und an seiner rechten Hand noch ziemlich frisches Blut, das nicht von seiner Verletzung herzurühren scheint. Daher vermute ich, dass er vor ein bis zwei Stunden eine tätliche Auseinandersetzung hatte«, sagte Dr. Rabe und fuhr dann fort: »Der Einschuss war offensichtlich nicht sofort tödlich. Es handelt sich um einen Durchschuss im oberen linken Bauchbereich, unmittelbar unterhalb des untersten Rippenbogens. Ich vermute daher, dass die Milz verletzt wurde und er innerlich verblutet ist. Todeszeitpunkt etwa vor drei bis vier Stunden.«

In diesem Moment kam Sören dazu und sagte: »Der Mann wurde, so wie es aussieht, wahrscheinlich beim Joggen auf dem Weg zwischen Sandstrand und Wasser von hinten niedergeschossen. Jedenfalls haben wir dort Blutspuren gefunden, die darauf hindeuten.«

»Der Täter hat ihn wohl zu dem Strandkorb hier geschleift, damit er nicht so schnell entdeckt wird und der Schütze sich unerkannt von dannen machen konnte«, mutmaßte Nina. »Das Opfer wurde dann ja auch erst von Okes Cousin gefunden, nachdem der so gegen acht Uhr heute Morgen seinen Dienst angetreten hatte.«

»Sören, kannst du aufgrund der Spuren im Sand schon etwas dazu sagen, ob wir es mit einem Einzeltäter oder mehreren zu tun haben?«, wollte Bert wissen.

»Ich gehe davon aus, dass es ein Einzeltäter war. Aufgrund der Schuhabdrücke dürfte es sich um eine männliche Person mit

Schuhgröße fünfundvierzig oder sogar noch etwas größer handeln. Sohlenprofil haben wir leider keins. Direkt um den Strandkorb herum sind die Spuren leider nicht mehr eindeutig zuzuordnen, weil hier schon zu viele herumgetrampelt sind.«

»Ich bin dann fertig«, sagte Dr. Rabe. »Den hier zuständigen Bestatter werde ich gleich beauftragen, dass er den Leichnam in die Rechtsmedizin nach Oldenburg bringt. Mit meinem dortigen Kollegen, der die Obduktion durchführen wird, habe ich schon telefoniert. Ich selbst habe noch bis zum Wochenende Urlaub. Den Bericht bekommen Sie dann von meinem Kollegen.«

»Hatte der Mann Handy und/oder Papiere bei sich?«, wollte Bert wissen.

»Weder Handy noch Papiere«, antwortete der Mediziner.

Nachdem Dr. Rabe gegangen war, machte Nina mit ihrem Smartphone einige Aufnahmen vom Strandkorb, dem Toten und der von Sören angesprochenen Schleifspur im Sand sowie den Blutflecken auf dem Weg.

Rita war inzwischen auf die Gruppe der diskutierenden Strandurlauber zugegangen, bei denen auch ihre beiden Streifenkollegen standen. Dabei machte sie unauffällig mit ihrem Handy ein Video von der Gruppe. Oke wollte sich mit seinen Befragungen den östlichen Teil mit den Strandkörben vornehmen.

Rita sprach die Leute an: »Moin, ich bin Kommissarin Rita Schneider vom Polizeikommissariat Wittmund. Von unseren Kollegen haben Sie ja schon mitbekommen, dass wir hier einen Polizeieinsatz wegen eines Toten haben.«

»Was ist denn genau passiert?«, rief ein Mann im Bikerdress, der am Rand der Gruppe stand. »Ihre Kollegen wollten uns dazu nichts sagen, außer dass man einen Toten gefunden hat.«

»Das ist richtig«, bestätigte die Kommissarin. »So wie es scheint, ist der Mann aber keines natürlichen Todes gestorben. Die näheren Umstände werden in unserer Rechtsmedizin untersucht. Deswegen an Sie alle die Frage: Hat jemand von Ihnen heute Morgen irgendeine ungewöhnliche Beobachtung gemacht? War vor unserem Polizeieinsatz irgendetwas anders als normal? Waren zum Beispiel Personen am Strand unterwegs, die sich auffällig verhalten haben?«

»Ich hatte heute Morgen mit meiner Frau eine kleine Radtour gemacht, und wir waren schon vor dem Strandkorbvermieter in unserem Strandkorb. Jedenfalls war seine Bude noch zu, als wir zum Strand kamen«, meldete sich der Mann im Bikerdress erneut zu Wort, schien aber ohne seine Frau bei der Gruppe zu stehen. »Wir fanden nur merkwürdig, dass wir Wilko plötzlich zu dem Strandkorb da hinrennen sahen. Wir fragten uns noch, was ist denn mit dem los? Und dann stand er am Strandkorb und war am Telefonieren. Dass da ein Toter drin lag, konnten wir von unserem Platz aus nicht sehen.«

»Vielen Dank«, sagte Rita. »Sollten Sie mit Leuten sprechen, die eventuell eine Beobachtung gemacht haben, dann sagen Sie diesen bitte, dass sie sich bei uns im Kommissariat in Wittmund melden sollen.« Dann klapperte auch sie die Strandkörbe im westlichen Teil des Strandbereiches ab. Eigentlich hätte sie mit dem Biker nochmal sprechen wollen, aber der war wohl, von den anderen Strandbesuchern verdeckt, auf einmal verschwunden.

Als Rita und Oke damit fertig waren, gingen sie zur Hütte des Strandkorbvermieters, mit dem sich Bert und Nina gerade unterhielten.

»Wie sieht es aus?«, wollte Bert wissen.

Rita und Oke schüttelten die Köpfe und Oke sagte: »Nichts. Die meisten Strandkörbe sind noch unbesetzt. Und den Gästen, die ich angetroffen habe, ist nichts aufgefallen.«

»Aus der Gruppe, die bei der Absperrung stand, hat auch niemand etwas gesehen«, berichtete Rita. »Bei den Strandkörben das gleiche Ergebnis wie bei Oke.«

»Okay, dann könnt ihr beide mit dem Einsatzbus wieder zur Dienststelle zurückfahren«, gab der Soko-Leiter Anweisung. »Nina und ich werden zum Dattein fahren.«

»Die machen aber erst um zehn Uhr auf«, sagte Oke. »Gelegentlich war ich schon mal mit Wilko im Dattein, daher weiß ich das. Aber ein Kellner mit Namen Benny ist mir da nicht begegnet.«

»Der war ja auch nur in der Saison da«, sagte Nina. »Und dass die um zehn Uhr aufmachen, wissen wir auch. Bert und ich haben da mal außerhalb der Saison nach einer Radtour ein zweites Frühstück eingenommen. Wir haben inzwischen bald zehn Uhr.

Deshalb können wir sicher davon ausgehen, dass zumindest die Küche schon besetzt ist. Da werden wir bestimmt erfahren, wie Benny mit Nachnamen heißt und wo er wohnt, damit unsere Spusi dort in den Einsatz gehen kann.«

»Zweites Frühstück klingt gut«, sagte Bert lachend. »Dann schauen wir mal, und wir sehen uns später in der Dienststelle.«

Nina wendete den Wagen und fuhr wieder zur Edo-Edzards-Straße zurück, um den Dienstwagen auf dem großen Parkplatz zwischen dem Gebäude der Seenotretter und dem Kutterhafen abzustellen. Von dort waren es keine hundert Meter bis zum Lokal. Als die beiden Beamten dort eintrafen, kam gerade von der am Hafen gegenüberliegenden Bäckerei eine Anlieferung für die Küche, und sie schlüpften mit in das Lokal.

Kurz darauf kam eine junge Frau in Kochbekleidung mit dem Lieferanten aus der Küche. »Sie müssen sich noch einen Moment gedulden«, sagte sie. »Wir öffnen erst um zehn!«

»Das wissen wir«, sagte der Kommissar und stellte sich und seine Partnerin vor. »Ist vielleicht der Chef des Hauses zu sprechen? Wir haben ein paar ganz dringende dienstliche Fragen.«

»Im Moment bin ich die Einzige hier in der Küche und gerade mit den Vorbereitungen für das Frühstück beschäftigt«, erwiderte die junge Frau. »Eigentlich müsste schon einer unserer Saisonkellner da sein. Ich hoffe, dass der jeden Moment hier auftaucht.«

»Heißt der zufällig Benny?«, wollte die Kommissarin wissen.

»Ja … oh mein Gott, Sie sind von der Polizei! Ist etwas passiert?«

»Darf ich erstmal fragen, wer Sie sind?«, wollte der Kommissar wissen, ohne auf die Frage der Frau einzugehen.

»Ich bin Anne Bergmann und arbeite hier, wie gesagt, in der Küche. Benny wohnt vorübergehend bei mir in meinem Wohnwagen. Eigentlich hätte er mit mir heute Morgen hier die Frühschicht. Ich hab schon mehrfach versucht, ihn auf seinem Handy zu erreichen, aber er meldet sich nicht. Eigentlich wollte er nur seine morgendliche Joggingrunde machen und hätte längst wieder zurück sein müssen.«

»Frau Bergmann, heißt das, sie leben mit Benny in einer Beziehung?«, hakte Nina nach. Als die junge Frau anfing zu zittern und nur nickte, sagte die Kommissarin: »Kommen Sie, Frau Bergmann, setzen Sie sich. Wir müssen mit Ihnen reden.«

»Es ist etwas passiert! Das sehe ich Ihnen doch an!« Anne hatte sich gesetzt. Ihr standen die Tränen in den Augen und es wurde ihr ganz flau im Magen. Sie spürte auf einmal, dass etwas ganz Furchtbares passiert sein musste.

»Frau Bergmann, wir haben leider eine ganz schlechte Nachricht für Sie«, sagte Nina und man spürte in diesem Augenblick ihr Mitgefühl. »Benny wurde heute früh tot in einem Strandkorb aufgefunden. Die näheren Umstände ermitteln wir gerade.«

Anne brauchte ein paar Sekunden, bis die schlimme Nachricht in ihr Bewusstsein drang. Benny tot! Das konnte und durfte nicht wahr sein! Sie schlug die Hände vors Gesicht und begann bitterlich zu weinen.

Die Kommissare ließen ihr Zeit. Nina ging hinter die Theke der Gastwirtschaft, nahm ein Glas aus dem offenen Regal und füllte es mit Wasser. Dann stellte sie es vor die junge Frau auf den Tisch. »Trinken Sie mal einen Schluck.«

Nachdem Anne ein paar Schlucke getrunken hatte, sagte sie mit tränenerstickter Stimme: »Wie kann das sein? Was ist denn passiert? Benny wollte doch nur wie jeden Morgen seine Runde laufen!«

»Frau Bergmann, so wie es aussieht, ist Benny keines natürlichen Todes gestorben«, sagte Bert. »Deswegen sind wir hier und haben einige sehr wichtige Fragen, um die Todesumstände aufzuklären.«

»Wollen Sie damit sagen, Benny wurde ermordet?!«, entfuhr es der jungen Frau.

»Das versuchen wir gerade zu ermitteln und hoffen, dass Sie uns dabei helfen können, so schwer das im Moment sicher auch für Sie sein mag«, antwortete die Kommissarin. »Wären Sie bereit, uns ein paar dringende Fragen zu beantworten?«

»Na klar ist der ermordet worden, anders kann es ja gar nicht sein!«, entfuhr es Anne, und man sah ihr an, dass Wut in ihr hochkochte. »Benny war körperlich topfit! Der fällt doch nicht einfach so tot um!« Sie nahm ein Taschentuch heraus und trocknete sich die Tränen. Dann sagte sie mit fester Stimme: »Fragen Sie!«

»Dürfen wir unser Gespräch für das Zeugenprotokoll aufzeichnen?«, begann Bert die Befragung. Auf die übliche Zeugenbelehrung verzichtete er an dieser Stelle. Dann wollte er wissen: »Wie heißt Benny mit Nachnamen?«

»Eigentlich heißt er Benjamin Hölter.«

»Sie sprachen davon, dass er vorübergehend bei Ihnen im Campingwagen wohnte«, hakte Nina ein. »Wo steht denn Ihr Wohnwagen?«

»Der steht ziemlich am westlichen Ende des hiesigen Campingplatzes auf einem der Dauerstellplätze. Ich kann Ihnen ein Bild vom Lageplan und von meinem Campingwagen per WhatsApp schicken. Wahrscheinlich brauchen Sie jetzt den Schlüssel von mir, weil Sie sich seine Sachen anschauen wollen.«

»Das sehen Sie richtig«, bestätigte der Kommissar. »Sie machten gerade auf mich einen richtig wütenden Eindruck. Haben Sie vielleicht einen Verdacht, wer für den Tod Ihres Freundes verantwortlich sein könnte?«

»Den habe ich! Kurt Bartels, sein vorheriger Vermieter! Der beschuldigte Benny, mit seiner Frau geschlafen zu haben, was aber gar nicht stimmte! Er hat ihn vor einer Woche sogar rausgeschmissen, und seitdem wohnte Benny bei mir im Wohnwagen.«

»Wie kam der Vermieter denn auf diesen Vorwurf?«, hakte Bert ein.

»Benny hat mir erzählt, dass ein Nachbar aus der Ferienwohnung nebenan angeblich Lustschreie der Vermieterin gehört hätte.«

»Und woran hat der Nachbar erkannt, dass diese Schreie von der Vermieterin waren?«, wollte es die Kommissarin genau wissen.

»So wie der Nachbar das dem Vermieter erzählt haben soll, sind zu dem Zeitpunkt nur Benny, die Vermieterin und der Nachbar selbst im Haus gewesen.«

»Okay, Fakt scheint aber zumindest zu sein, dass der Vermieter Ihren Mitbewohner rausgeschmissen hat. Haben Sie dessen Adresse?«, hakte Nina nach.

»Ich weiß nur von Benny, dass der in der Nähe vom Neuharlinger Sieltief ein Mehrfamilienhaus mit vier Ferienwohnungen hat. Er selbst wohnt da mit seiner Frau im Erdgeschoss. Die

Adresse müsste Benny irgendwo in seinen Unterlagen oder in seinem Notebook haben.«

»Hier haben Sie meine Handynummer für Ihre Bilder«, sagte die Kommissarin und gab Anne ihre Visitenkarte. »Ihren Wagen finden wir dann schon. Es wäre aber besser, wenn Sie uns dahin begleiten und dabei sind, wenn unsere Spurensicherung die Sachen Ihres Freundes untersucht.«

»Ich kann aber nicht einfach hier den Laden dichtmachen. Dazu müsste ich mit meinem Chef telefonieren. Das müsste ich sowieso, wir brauchen ja auch einen Kellner für den Ausschank.«

»Dann machen Sie das«, sagte der Soko-Leiter.

Nachdem Anne ihrem Chef am Telefon die Situation erklärt und das Gespräch beendet hatte, sagte sie: »Mein Chef kommt gleich mit seiner Frau her. Der wohnt nicht weit von hier. Bis zur Öffnung des Lokals dauert es ja noch fast eine Viertelstunde. Bis dahin ist er hier und macht dann offiziell auf. Ich soll jetzt erst einmal wieder abschließen und heute frei machen.«

»Das ist eine gute Entscheidung Ihres Chefs«, bemerkte die Kommissarin. »Sie sind doch sicher zu Fuß hier. Dann können Sie mit uns zu Ihrem Camper fahren.«

Während Anne sich umziehen ging, rief Bert den Leiter der Spurensicherung auf dessen Handy an: »Sören, wie weit sind deine Leute?«

»Fast fertig. Ich wollte mich gerade schon auf den Weg zur Dienststelle machen. Warum fragst du?«

»Wir haben noch Arbeit für euch. Wir wissen jetzt, wo der Tote hier untergekommen ist. Im Campingwagen einer Köchin des Dattein. Sie hat einen Dauerstellplatz am Westende des hiesigen Campingplatzes. Nina schickt dir gleich einen Lageplan und ein Foto von dem Wagen. Wir kommen mit der Köchin auch gleich dahin.«

»Okay, dann treffen wir uns da. Ich bringe zwei meiner Leute mit.«

Als Nina und Bert mit der Köchin im Auto auf dem Weg zum Campingplatz waren, wollte Nina wissen: »Frau Bergmann, können wir noch etwas für Sie tun? Brauchen Sie ärztliche Hilfe oder etwas zur Beruhigung?«

»Eigentlich bin ich keine Heulsuse, und so schnell haut mich auch nichts um. Benny und ich kennen uns ja schon seit der Urlaubssaison im letzten Jahr und haben auch während seiner diesjährigen Ostersaison ein paar Mal Sex in meinem Camper gehabt. Kurz darauf habe ich mich von meinem Mann getrennt und bin vorübergehend in meinen Campingwagen eingezogen. Inzwischen läuft auch die Scheidung. Das hatte aber nichts mit Benny zu tun. Als er vor einer Woche von seinem Vermieter rausgeschmissen wurde, habe ich ihm angeboten, dass er bei mir im Camper unterkommen kann, bis er was anderes gefunden hat.«

»Vorhin, als wir Ihnen die schlimme Nachricht überbrachten, nahm ich an, dass Sie sehr eng mit ihm befreundet sind«, wunderte sich die Kommissarin.

»Ich sag ganz offen, er war zwar ein super Lover, aber er ist damit nicht zu meiner großen Liebe geworden. Trotzdem lässt sein Tod mich nicht kalt. Und seinem Ex-Vermieter würde ich nach dem, was Benny mir erzählt hat, schon zutrauen, dass er ihm was angetan hat.«

In diesem Moment erreichte Nina die Schranke des Campingplatzes. Diese öffnete sich automatisch, da das Kennzeichen des zivilen Dienstfahrzeuges der Polizei von früheren Einsätzen her bereits im System des Campingplatzes registriert war. Der unmittelbar vor dem Deich liegende Ganzjahresplatz gehörte mit seinen über 1.100 Stellplätzen und 300 Zeltplätzen zu den größten Campingplätzen in Ostfriesland.

Da Annes Camper am westlichen Rand vor dem Deich unmittelbar vor dem Platz für die Zelte stand, lotste die Köchin die Kommissarin die fast 600 Meter bis dorthin. Als sie dort ankamen, wurden sie bereits von Sören und zwei Kollegen erwartet.

Nachdem sich alle begrüßt und vorgestellt hatten, sagte Bert: »Frau Bergmann, was wir am dringendsten brauchen, ist die Adresse von Kurt Bartels. Vielleicht könnten Sie gleich mal schauen, ob Sie diese bei den Unterlagen Ihres Freundes finden.«

Anne schloss ihren Wagen auf. Man sah ihr an, dass ihr das Betreten des Campers in diesem Moment doch sehr schwerfiel. Bert und einer der Kollegen der Spurensicherung folgten ihr.

Anne zeigte auf ein Notebook, das auf der einen Sitzbank lag. »Das ist Bennys Notebook«, sagte sie und wischte sich mit der Hand über die Augen.

»Wahrscheinlich finden wir dort am schnellsten die Adresse des Gesuchten«, sagte der Mann von der Spurensicherung. »Gibt es ein Passwort?«

»Ja, Benny hat eine Liste von Passwörtern. Die liegt unter seinem Notebook«, antwortete Anne und trocknete sich die Augen.

Der forensische Beamte war IT-Spezialist und hatte im Nu den Zugang zum Notebook hergestellt. Dann öffnete er Outlook und gab in die Kontaktliste den Namen Kurt Bartels ein, worauf der Kontakt sofort auf dem Bildschirm angezeigt wurde.

Bert machte davon mit seinem Handy ein Foto. Dann gab er der jungen Frau seine Visitenkarte und sagte: »Frau Bergmann, falls Ihnen noch etwas einfällt oder Sie Hilfe brauchen, rufen Sie mich oder meine Kollegin an. Bezüglich des Protokolls melden wir uns in Kürze nochmal bei Ihnen.«

Dann überließen Nina und Bert den Kollegen der Spurensicherung das Feld und machten sich auf den Weg zu der Adresse des von der Köchin verdächtigten Mannes.

3. Kapitel

Felix Schulte kam im Dauerlauf zum Stellplatz seines Wohnmobils. Dieser befand sich direkt neben dem Sanitärgebäude Diekhus im westlichen Teil der Deichparzellen des Neuharlingersieler Campingplatzes. Schulte war gut eins achtzig groß und von schlanker Gestalt. Für die Jahreszeit und das sonnige Wetter war eigentlich ungewöhnlich, dass er einen kompletten Jogginganzug, sogar mit Kapuze, anhatte. Dass er eine moderne Kurzhaarfrisur mit über den Ohren rasierten Seiten trug, konnte man daher nicht auf Anhieb erkennen. Aber auch von seinem Gesicht war durch seinen dunklen, aber sehr gepflegten Vollbart kaum etwas zu sehen.

Das Wohnmobil stand in diesem Parzellenblock auf einem der Standard-Touristikstellplätze, die nur über einen Stromanschluss und keinen weiteren Komfort verfügten. Dafür waren die Preise um einiges günstiger. Der fehlende Komfort wurde durch das direkt neben seinem Platz stehende Sanitärgebäude zudem mehr als wettgemacht.

»Wir können gleich Kaffee trinken«, empfing ihn seine Freundin Mia Heese in der offenen Tür. Sie war mittelgroß und hatte eine zwar etwas pummelige, aber nicht unattraktive Figur. Eine hübsche junge Frau mit langen, gelockten blonden Haaren, blauen Augen und einem charmanten Grübchen im Kinn.

»Was macht deine Fitness und Ausdauer? Warst ja heute lange unterwegs. Läufst wohl bald Marathon?«, wollte sie dann lachend von ihm wissen.

»Ich arbeite dran«, antwortete er ebenfalls lachend. »Du kannst den Kaffee schon eingießen, ich bin gleich da.« Er öffnete die Seitenklappe zum Stauraum seines Wohnmobils und ließ etwas in der Notfalltasche verschwinden, die unter anderem auch die Sicherheitswesten und den Sanitätskasten enthielt. Dann stieg er zu seiner Freundin in den Wagen und gab ihr einen zärtlichen Kuss.

»Eigentlich wollte ich noch duschen«, sagte er dann.

»Du warst ganz schön lange unterwegs und kannst nachher so lange duschen, wie du willst«, sagte sie. »Ich brauche jetzt erstmal ein ordentliches Frühstück! Ich hab einen Mordshunger!«

Nachdem Felix gefrühstückt hatte, ging er im Sanitärhaus unter die Dusche. Jahrelang hatte er sich jeden Tag ausgemalt, was er mit Benny machen würde, wenn er die Möglichkeit dazu hätte. Jetzt war endlich der Zeitpunkt gekommen.

Während er das warme Duschwasser über seinen Körper laufen ließ, gingen seine Gedanken in die Zeit von damals zurück:

Felix war gerade achtzehn geworden. Vor ein paar Tagen hatten sie seinen Geburtstag begossen, als Benny bei ihm anrief: »Hey Alter wir müssen uns sofort sehen, ich hab 'nen geilen Tipp bekommen.«

»Um was geht's denn?«, wollte Felix wissen.

»Nicht am Telefon. Ich komm gleich vorbei.«

Kurz darauf klingelte es an der Haustür, und Felix' Mutter machte auf. »Es ist Benny«, rief sie zu seinem Jugendzimmer rauf, das sich im ersten Stock seines Elternhauses befand. Sein Freund wohnte gar nicht weit von ihm im gleichen Oldenburger Vorort und in der gleichen Straße ebenfalls bei seinen Eltern im Haus.

Dann betrat Benny auch schon sein Zimmer. Solargebräunt wie immer, womit er mächtig Eindruck bei den Mädchen machte. Sie waren beide gleich alt. Aber Benny hatte immer mehr Glück bei den Mädchen als er. Obwohl Felix selbst auch nicht schlecht aussah. Er war eins achtzig groß, schlank, hatte dunkle halblange Haare und ein schmales, nicht unsympathisch wirkendes Gesicht. Allerdings eine etwas zu groß geratene Nase.

Da Mädchen selten allein unterwegs waren und Benny es wirklich draufhatte, Mädchen anzubaggern, fiel oft auch für ihn eine ab. Deswegen traf er sich immer noch mit Benny, obwohl der auch ihm gegenüber manchmal ziemlich hinterfotzig sein konnte. Hinterher tat er dann immer ganz unschuldig. Er hätte nicht daran gedacht, etwas vorschnell gehandelt oder was er sonst noch alles für Ausreden und Entschuldigungen parat hatte.

Deswegen war Felix gespannt, was Benny jetzt wieder ausgeheckt hatte. Meistens ging es darum, die ›Konsumentenkasse‹, wie Benny das ausdrückte, mal wieder etwas aufzufüllen. Manche ihrer gleichaltrigen Kumpels handelten mit Hasch oder Pillen. Das war aber nicht Bennys Ding. »Drogen machen nur die Birne breit und den Body kaputt«, meinte er immer.

Er hatte schon in früher Jugend mit Kickboxen angefangen und war sehr stolz auf seinen Sixpack und vor allem auch auf seine Wettkampferfolge. Felix hatte es in dieser Sportart auch schon mal versucht, es aber schnell nach einem Nasenbeinbruch wieder aufgegeben.

Sie waren zusammen in die gleiche Klasse der Realschule gegangen. Beruflich hatten sie beide bei unterschiedlichen Lehrherren nach der Mittleren Reife eine Ausbildung als Kellner begonnen. Benny bei einem alteingesessenen Gastronomen im gleichen Viertel und Felix bei seinem Onkel, der das Lokal von Felix' Opa übernommen hatte. In einem Jahr stand für sie beide die Prüfung an. Da die Bezahlung für Azubis nicht allzu üppig war, konnten sie kleine Nebeneinkünfte immer gut gebrauchen. Allerdings waren die von Benny beschafften ›Jobs‹ meistens fragwürdig, um nicht zu sagen kriminell. Das traute man ihm bei seinem smarten Aussehen und seiner zur Schau getragenen Nettigkeit eigentlich gar nicht zu.

Dabei kamen in der Regel vor allem Bennys Kampferfahrungen als Kickboxer zum Einsatz. Felix hatte immer nur die Aufgabe des ›Kassierers‹, wie Benny das auszudrücken pflegte. Dann wurde schon mal auf einem Weg durch den Oldenburger Schlosspark ein Betrunkener hinter einen Busch gezogen und ihm Handy und Portemonnaie abgenommen. Auch Freier, die dort nach Strichjungen suchten, fielen den beiden jugendlichen Übeltätern gelegentlich zum Opfer. Da waren sie nicht wählerisch, natürlich ohne mit denen intim zu werden. Nachdem Benny das Opfer mit wenigen Tritten und Schlägen zu Boden gebracht hatte, griffen sie sich Geld und Handy, bevor sie sich, in aller Regel in ihren dunklen Kapuzenjacken sogar unerkannt, aus dem Staub machten.

Unerkannt vor allem auch deswegen, weil sie sich immer kaum beleuchtete Stellen im Park aussuchten. Benny sprang dann blitzschnell aus der Deckung eines Busches hervor und Sekunden später lag das überraschte Opfer am Boden. Da Betrunkene zumeist nur vage Angaben hätten machen können und Freier sich nicht outen wollten, kam es auch zu keinen Anzeigen, denen die Polizei erfolgreich hätte nachgehen können.

Dennoch blieben ihre kriminellen Aktivitäten nicht ganz ungestraft. Sie hatten auch schon zum wiederholten Mal in einer Gartenanlage Unterhaltungselektronik mitgehen lassen und verkauft. Dabei waren sie aber erst kürzlich von einer zufällig vorbeifahrenden Polizeistreife mit ihrem Diebesgut auf frischer Tat ertappt worden, was ihnen schließlich sogar einige Sozialstunden eingebracht hatte.

Deshalb sagte Felix: »Also wenn das wieder so eine Kacke wie bei dem letzten Gartenhaus sein soll, dann ohne mich!«

»Mensch Alter, mach dir nicht in die Hose! Ich hab diesmal wirklich einen todsicheren Tipp, der uns eine Menge Schotter bringt! Fast wie ein Lottogewinn.«

»Lottogewinn? Und dann auch noch todsicher?«, hatte Felix Zweifel.

»Ich hab zufällig bei uns in der Gaststätte ein Gespräch von zwei Männern mitbekommen, die schon ganz schön einen im Tee hatten. Die haben sich über ihre zu erwartenden Erbschaften unterhalten. Den einen kenne ich. Der hat 'ne Tischlerei und für meine Eltern mal im Mansardenzimmer einen Schrank eingebaut. Als der bei uns gearbeitet hat, brauchte sein Vater, der krank im Bett lag, was von ihm. Und da hat er mich geschickt, um dem das nach Hause zu bringen. Daher weiß ich, wo sein Vater wohnt, auch wenn das schon etwas her ist.«

»Und da willst du jetzt einen Bruch machen, oder?«

»Mann Alter, wer spricht denn von Bruch, wenn man weiß, wo der Schlüssel zu finden ist? Hey! Ich sagte doch gerade, dass sein Vater krank im Bett lag und ich ihm was nach Hause bringen sollte. Und ich war gestern Nacht mit dem Fahrrad da. Der Schlüssel ist immer noch an der gleichen Stelle.«

»Okay, und wie soll das dann ablaufen?«, war Felix nun doch neugierig geworden.

»Also der Tischler erzählte seinem Kumpel, dass sein Vater nichts von den Banken hält und vom Finanzamt schon gar nichts. Jedenfalls hätte der als ehemaliger Handwerksmeister eine Menge Bargeld zu Hause rumliegen.«

»Wieso hat ein Handwerksmeister denn so eine Menge Bargeld rumliegen?«

»Habe ich mich in dem Moment auch erst gefragt. Aber dann hat der weitererzählt, dass sein Vater vor vielen Jahren sogar bei uns im Lokal die ganze Thekenanlage und was sonst noch alles gebaut hat.«

»Na und? Was hat das mit dem Bargeld seines Vaters zu tun?«, wunderte sich Felix.

»Mensch, bist du vielleicht naiv! Das ist Schwarzgeld, wofür der keine Steuern ans Finanzamt bezahlt hat!«

»Ich weiß, wie man Schwarzgeld schreibt, und auch, dass das was mit Steuern zu tun hat. Aber wie das genau funktioniert, hat mich bisher nicht wirklich interessiert. Mein Vater ist bei der Stadtverwaltung, und der hat mal gesagt: Schwarzgeld, damit machen sich reiche Unternehmer nur nòch reicher und den Behörden fehlt dann dieses Geld zum Beispiel für soziale Einrichtungen!«

»Für mich war das Gespräch der beiden Besoffenen auch eine Lehrstunde. Da hab ich sogar viel über meinen Chef und vor allem auch dessen Vater erfahren.«

»Und wie das?«

»Als der Vater meines Wirtes damals hier die ganze Thekenanlage hat bauen lassen, hat der gesamte Auftrag über einhundertfünfzigtausend Mark gekostet, wie der Tischler seinem Kumpel erzählte. Davon ist fast gut ein Drittel vom Vater meines Chefs bar bezahlt worden. Dadurch hat dieser die Mehrwertsteuer gespart. Und der Tischler natürlich auch die Einkommensteuer auf seinen Gewinn. Also für beide Beteiligten ein gutes Geschäft, aber, wie dein Vater schon richtig festgestellt hat, schlecht für den Staat, der von den Steuern natürlich auch soziale Einrichtungen und vieles mehr unterhalten muss.«

»Mensch Benny, wenn der alte Tischlermeister bei jedem großen Auftrag fünfzigtausend Mark in bar bekommen hat, wie viel hat der dann zu Hause rumliegen?«

»Wie viel genau, das weiß ich natürlich nicht. Aber für uns dürfte das ein Lottogewinn sein!«

»Gut, wir wissen, dass er das zu Hause liegen hat. Aber was nützt uns das? Der wird das doch nicht offen irgendwo rumliegen haben. Das wird doch sicher in einem Safe oder einem geheimen Versteck liegen«, zeigte sich Felix misstrauisch.

»Das ist ja gerade der Hammer. Sein Saufkumpan hat das fast genauso gesagt wie du jetzt gerade. Ja, der Oppa hat das wirklich in einem Versteck in seinem Keller.«

»Jetzt erzähl mir bloß noch, dass du jetzt auch genau weißt, wo sich das Versteck im Keller befindet!«

»Genau das! Es gibt da in einem alten Schrank zwei Schubladen mit einem vorderen und einem hinteren Teil. Man zieht die Schubladen heraus, aber nur bis zur ersten Arretierung. Da muss man nur in die Schublade greifen und diese Arretierung nach rechts schieben, und schon lässt sich die Schublade ganz aufziehen und da liegt das Geld.«

»Mann Benny, wer kommt denn auf solche verrückten Ideen? Solche Schränke bekommst du doch nirgendwo zu kaufen.«

»Stimmt! Aber du vergisst, der Oppa war Tischlermeister.«

»Und das erzählt der Sohn seinem Kumpel, und der lässt dich danebenstehen und zuhören? Wie bescheuert muss der denn sein?«

»Felix, gar nicht so bescheuert. Die beiden Besoffenen haben sich gegenseitig mit ähnlichen Geschichten über ihre Väter ausgetauscht. Aber den Vater des anderen Schluckspechtes kenne ich nicht. Und ich hab auch nicht danebengestanden, sondern hinter der Theke auf einem Schemel gesessen. Und die beiden saßen an einem Tisch auf der anderen Seite direkt neben der Theke. Mein Chef musste mit seiner Frau wegen einer Entbindung ins Krankenhaus und es war schon Sperrstunde und kein weiterer Gast mehr im Lokal. Wir hatten daher auch schon abgeschlossen. Eigentlich hätte ich die beiden Säufer schon längst rausschmeißen und Feierabend machen sollen.«

»Mal angenommen, wir gehen da tatsächlich mit Hausschlüssel rein, und der Oppa kriegt was mit, was machen wir dann?«, versuchte Felix noch ein Haar in der Suppe zu finden.

»Der Alte ist schwerhörig, und nachts hat er kein Hörgerät im Ohr, wie sein Sohn sagte. Ich wette, dass der sich da schon selbst heimlich im Keller bedient hat. Schotter hat der jedenfalls genug. Na, was meinst du?«

»Ich muss zugeben, klingt tatsächlich nicht schlecht. Wann wollen wir das denn machen?«

»Am Sonntag. Der Sohn fliegt mit seiner Familie am Samstag in den Herbstferien nach Malle. Sein Vater bekommt Essen auf Rädern und es kommt tagsüber ein mobiler Pflegedienst, der sich um ihn kümmert.«

»Mensch Benny, geil! Wie du das mit dem Schwarzgeld beschrieben hast, kann ja weder der Alte noch sein Sohn zu den Bullen gehen und Anzeige erstatten«, zeigte sich jetzt auch Felix überzeugt.

Wie im Flug vergingen die Tage bis zum Sonntag. Es war schon nach Mitternacht, als zwei dunkel gekleidete Gestalten mit schwarzen Sturmhauben durch den Garten zum Haus des alten Mannes schlichen. Sie trugen Kapuzenjacken und dunkle Rucksäcke. Der Hausschlüssel hing – wohl für Notfälle – an der beschriebenen Stelle hinter ein paar kleinen Buchsbüschen, die auch im Winter grün waren und links und rechts neben der Haustür standen.

Benny schloss leise die Tür auf, und sie schlüpften ins Haus. Beide hatten Latexhandschuhe an, um keine Fingerabdrücke zu hinterlassen. Diffuses Licht kam von einer Straßenlaterne durch das Milchglas der Eingangstür. Aber im gleichen Augenblick ging auch durch einen Bewegungsmelder das Licht im Flur an. Neben dem Treppenaufgang in die oberen Räume ging eine Treppe in den Keller. Leise schlichen die beiden jungen Männer nach unten. Die Kellertür knarzte etwas beim Öffnen. Aber im Haus blieb alles ruhig.

Im Kellergang schalteten die Eindringlinge kleine LED-Taschenlampen an. Links und rechts gingen je zwei Türen ab. Geradeaus führte eine Tür nach draußen. Im ersten Kellerraum standen nur alte Fitnessgeräte, und in einer Ecke befand sich eine kleine Nasszelle. Im Raum hinter der zweiten Tür standen Regale, in denen Utensilien und ein paar alte verstaubte Weinflaschen lagen.

Im dritten Raum auf der anderen Seite des Ganges befand sich ein ziemlich großer Schrank. Der obere Teil war wie bei alten Küchenschränken etwas zurückgesetzt. Der Unterschrank hatte eine Arbeitsplatte, unter der sich zwei breite Schubladen befanden. Darunter waren zwei Türen angebracht.

Benny zog die erste Schublade bis zur Arretierung heraus. Dann tastete er innen nach einem kleinen Riegel, den er auch gleich fand. Danach ließ sich die Schublade noch einmal fast so weit wie zuvor herausziehen. Obwohl die beiden nach dem Gespräch, das Benny in der Gaststätte belauscht hatte, eigentlich damit hätten rechnen müssen, waren sie doch perplex, als sie mehrere Geldscheinstapel in der Stückelung 50 DM, 100 DM und 500 DM, überwiegend ohne Banderolen, sahen. »Scheiße, das ist ja altes Geld noch in D-Mark«, entfuhr es Felix. »Damit können wir doch nicht einfach irgendwo hingehen und das in Euro tauschen.«

»Nee, das können wir knicken«, bestätigte sein Kumpel. »Möchte mal wissen, wie viel das insgesamt ist. Der hat das bestimmt schon wer weiß wie viele Jahre gehortet. Bin mal gespannt, ob wir in der anderen Schublade wenigstens Euros finden.«

Als Benny diese öffnete, war ihre Freude groß. Es waren tatsächlich Stapel mit Scheinen von zehn bis einhundert Euro, zum Teil mit Banderolen. »Alter, wie viel mag das sein?«, überlegte er und griff sich ein Bündel Hunderterscheine mit Banderole heraus. »Allein hundert von den Scheinen wären schon zehntausend Euro. Ich schätze mal, so ein Bündel dürfte etwa einen Zentimeter dick sein.«

»Und die Schublade ist auf jeden Fall höher als zehn Zentimeter! Mann, dann liegen ja allein in dem einen Stapel über einhunderttausend Euro!«, konnte Felix es fast nicht glauben.

»Mann, das hier könnten wesentlich mehr sein. Und dann noch die Fünfziger-, Zwanziger- und Zehner-Scheine. Na, der wird nicht bei jedem Auftrag fünfzigtausend Mark oder Euro bekommen haben. Aber im Laufe der Jahre kam da schon was zusammen. Und ausgegeben hat der Alte so gut wie nix, wie sein Sohn sagte. Soll ein ziemlicher Geizknochen sein.«

Die beiden waren so mit ihrem Fund beschäftigt, dass sie gar nicht mitbekamen, dass hinter ihnen ein alter Mann mit langem grauem Haarkranz und Stoppelbart in der Tür stand. Über seinem Schlafanzug trug er einen offenen Morgenmantel. Die beiden hatten ihn gar nicht kommen hören und erschraken, als er plötzlich sagte: »Was wird das denn hier?! Ich hab schon befürchtet, dass sich hier unten jemand zu schaffen macht, als ich zufällig das Licht unten im Flur sah!«

Den beiden jungen Männern verschlug es im ersten Moment die Sprache, deshalb fuhr der Mann fort: »Jungs, bis jetzt ist noch nichts passiert. Ich kann eure Gesichter nicht erkennen. Also nehmt den Stapel, den der eine von euch in der Hand hat, und verschwindet. Anzeigen kann ich euch sowieso nicht, wie ihr euch denken könnt. Aber wenn ihr mich jetzt zusammenschlagt und mich morgen früh der Pflegedienst findet, habt ihr mit Sicherheit die Polizei am Hacken. Das garantiere ich euch!«

»Der Mann hat recht«, fand Felix seine Sprache wieder. »Komm, lass uns verschwinden.«

»Bist du malle?! Aber doch nicht mit den paar Scheinen hier! Und welche Polizei sollte uns schon finden? Mann, mit dem Geld in der Schublade haben wir fürs Erste ausgesorgt. Und dann sollen wir uns mit dem bisschen zufriedengeben? Er sagt ja selbst, anzeigen kann er uns nicht«, raunzte Benny seinen Komplizen an.

Dann nahm er, ohne sich weiter um den Alten zu kümmern, seinen Rucksack vom Rücken und begann einen Stapel nach dem anderen hineinzupacken. In dem Moment sagte der Mann: »Ihr wollt es ja nicht anders. Hände hoch! Deinen Rucksack lässt du einfach fallen! Und dann raus mit euch!«

Benny ließ seinen Rucksack tatsächlich fallen, als er in die Mündung einer Pistole sah, die der Alte aus der Tasche seines Morgenmantels gezogen hatte. »Okay, okay, schon gut! Wir tun ja, was du willst.« Und an Felix gewandt, sagte er: »Komm, haben wir eben Pech gehabt! Der Klügere gibt nach!« Dann ging er auf die offene Kellertür zu, neben der der alte Mann stand und Bennys Bewegungen mit der Pistole verfolgte.

Als Benny sich neben dem Alten befand, traf er dessen Hand mit einem blitzschnellen Fußtritt aus der Bewegung heraus von unten nach oben, sodass die Waffe im hohen Bogen davonflog. Obwohl Benny den alten Mann nur an der Hand getroffen hatte, brach dieser plötzlich zusammen.

Felix war erschrocken. Mit der plötzlichen Kickbox-Attacke seines Kumpels hatte auch er nicht gerechnet. »Benny, komm, nichts wie weg, bevor der Alte wieder zu sich kommt!«

»Ich glaub, dem ist bestimmt vor Schreck das Herz stehen geblieben«, antwortete der Angesprochene mit einem hämischen Grinsen.

»Meinst du wirklich?«, fragte Felix besorgt. »Dann können wir den doch nicht einfach so liegen lassen.« Sprach's und fühlte erst am Handgelenk und dann am Hals nach dem Puls des Mannes. »Der ist tatsächlich tot! Oh mein Gott! Und wir sind schuld! Ich glaub, mir wird ganz schlecht. Ich hab noch nie einen Toten angefasst.« Im gleichen Augenblick erbrach er sich, wobei das Erbrochene zum Teil den Haarkranz des Toten traf.

»Mann, bist du ein Weichei! Wir tragen den Alten jetzt nach oben und legen den in sein Bett. Vorher müssen wir dem aber noch die Haare sauber machen. Dann wird er morgen früh vom Pflegedienst gefunden, und der Notarzt stellt einen Totenschein aufgrund von Herzversagen aus. Ist ja auch so. Wir räumen dann hier unten die Schublade aus, machen deine Kotze weg und dann hat es sich.«

Die jungen Männer trugen den alten Mann nach oben. In der Dusche machten sie ihm die Haare notdürftig sauber, wobei Felix sich aber erneut übergeben musste. Schließlich hatten sie dem Alten den Morgenmantel ausgezogen und ihn endlich ins Bett verfrachtet.

Nachdem sie auch die Dusche grob gereinigt hatten, gingen sie wieder in den Keller. Dort teilten sie die Stapel der Geldscheine grob in zwei Hälften. Benny war der Meinung, dass sie jetzt besser so schnell wie möglich verschwinden und sich nicht lange mit Geldzählen aufhalten sollten. Jeder packte seine Hälfte in seinen Rucksack. Benny schnappte sich die Pistole des Alten. Nachdem sie mit einer Papierrolle, die im Keller stand, die Kotze beseitigt und bei der Nasszelle im Klo entsorgt hatten, verließen sie das Haus. Die Eingangstür schlossen sie von außen wieder ab und hängten den Schlüssel hinter die Buchsen, wo er vorher gehangen hatte.

Auf dem Heimweg sagte Benny: »Eins habe ich mir auch noch aus dem Gespräch der beiden Besoffenen über das Schwarzgeld gemerkt: Niemals auffallen, indem dein Umfeld merkt, dass du plötzlich im Geld schwimmst! Von dem Schwarzgeld kannst du dir mal einen Urlaub im Ausland gönnen. Auch mal das eine oder andere Extra, aber nie auffallen! Und vor allem Klappe halten!«

»Na, die beiden in eurer Kneipe haben ja nicht die Klappe gehalten«, stellte Felix fest.

»Die kannten sich schon seit der Schulzeit, so wie wir. Der eine war wohl lange Zeit im Ausland gewesen, und das war deren Wiedersehensfeier. Die hatten bei uns im Lokal schon gut zu Abend gegessen. Und wenn die Nachschub haben wollten, tat ich immer so, als wenn ich gerade aus der Küche gekommen wäre.«

»Mensch Benny, du bist ganz schön abgebrüht! Und jetzt hat jeder von uns einen Haufen Schotter! Das werde ich dir nie vergessen!«

»Das hoffe ich für uns beide!«

»Wie meinst du das?«

»Du weißt doch, der Teufel ist ein Eichhörnchen, wie mein Vater das immer sagt. Es könnte ja mal sein, dass doch plötzlich die Bullen bei dir oder mir auf der Matte stehen. Dann wär ein wasserdichtes Alibi nicht schlecht. Aber das Wichtigste ist – und das gilt für uns beide gegenseitig: Egal, was passiert, selbst wenn wir gezwungen wären einzugestehen, dass wir da im Keller gewesen sind, kein Wort über die Euros! Am besten die Aussage verweigern. Dann können sie dir meistens nämlich nix. Ich guck ja viele Krimis. Und selbst, wenn wir zwei oder drei Jahre in den Knast müssten. Das Geld wartet dann auf uns. Aber wenn wir darüber reden, sind die Euros bei dir und bei mir wahrscheinlich weg!«

»Verstehe, der Sohn des Toten wird da ja mit der Polizei ganz sicher nicht drüber reden.«

Sie hatten Bennys Zuhause erreicht. »Am besten, man sieht uns die nächste Zeit nicht so oft zusammen«, sagte er und verschwand durch die Kellertür in seinem Elternhaus.

Felix ging noch in der Nacht in das Gartenhaus seiner Eltern und versteckte die etwa einhundertfünfzigtausend Euro – wie er und Benny auf dem Weg grob überschlagen hatten – in einer Keksdose unter zwei Bodenplanken. Schon als Kind war das sein Geheimversteck gewesen.

Als er im Bett lag, ging ihm die Frage durch den Kopf, wie der Tischler an so viel Schwarzgeld gekommen sein konnte. Seit der Euroeinführung hatte der bestimmt noch einige Jahre gearbeitet. Und wenn er nur zehn Aufträge pro Jahr mit je einer Steuerersparnis von nur zehntausend Euro annahm, dann hatte der allein damit schon einhunderttausend Euro Schwarzgeld pro Jahr gehortet. Und das Eineinhalbfache davon hatte Felix jetzt quasi als eiserne Reserve im Versteck.

Irgendwie war er mit sich und der Welt in diesem Moment sehr zufrieden, auch wenn ihm der plötzliche Tod des Alten immer noch im Magen lag. Aber daran war er ja nicht schuld gewesen. Im Gegenteil, er wäre am liebsten sofort abgehauen und hätte von unterwegs den Notarzt alarmiert. Vielleicht hätte der Alte damit noch eine Überlebenschance gehabt.

Es waren keine zwei Wochen vergangen. Dann stand plötzlich die Polizei bei ihm zu Hause vor der Tür und verhaftete ihn wegen Einbruchs und schwerer Körperverletzung mit Todesfolge. Kurz darauf wurde auch Benny verhaftet. Der wurde aber nach kurzer Zeit wieder freigelassen, weil man ihm die Beteiligung an dem Einbruch forensisch nicht hatte nachweisen können, und angeblich hatte er die Nacht bei einer Freundin verbracht. Felix war eine DNA-Analyse aus Spuren seines Erbrochenen zum Verhängnis geworden.

Was an dem Morgen nach seinem Einbruch mit Benny und dem Tod des alten Tischlermeisters geschehen war, erfuhr Felix bei der Gerichtsverhandlung.

Es war kurz nach sieben, als der Pflegedienst das Haus des alten Mannes betrat. Der zuständige Pfleger hatte heute Morgen einen Neuen dabei, den er einweisen sollte. Als die beiden das Schlafzimmer betraten, sagte der Pfleger: »Moin Opa, na, wie war die Nacht?«

Sein junger Begleiter zog derweil die Rollläden auf und sagte: »Hier riecht es irgendwie nach Kotze.«

»Stimmt«, bestätigte der Pfleger. »Moin Opa, aufwachen!« Dann fasste er ihn am Handgelenk an und schrak zurück. »Ich glaube, wir brauchen den Notarzt für den Totenschein, der ist schon ganz kalt. Tut mir leid! Und das bei deinem ersten Einsatz! Aber so ist das Leben. Da musst du dich dran gewöhnen. Das wird für dich nicht das letzte Mal sein.«

Es dauerte nicht lange, dann kam der Notarzt. Auch dem fiel sofort der leichte Geruch von Erbrochenem auf. In dem Moment kam der junge angehende Pfleger von der Toilette und sagte: »In der Dusche sind an der einen Wand Spritzer von Erbrochenem. Wenn der alte Mann sich in der Dusche übergeben musste, wer hat dann die Dusche sauber gemacht?«

»Ich schau mir das mal an«, sagte sein Ausbilder und ging mit seinem Azubi ins Bad.

»Der Alte konnte sich nicht mehr allein duschen. Dazu haben wir den Stuhl, der in der Badewanne steht, benutzt. Hier stimmt irgendetwas nicht.«

Als die beiden Pfleger zu dem Arzt zurückkamen, sagte dieser: »Merkwürdig, so wie es aussieht, würde ich auf Herzstillstand tippen. Eigentlich nicht ungewöhnlich für das Alter. Aber wieso ist der rechte Haarkranz feucht und riecht nach Erbrochenem? Das ergibt für mich kein logisches Bild. Wie soll sein eigenes Erbrochenes in sein Haar gelangt und dann ohne Pfleger noch notdürftig ausgewaschen worden sein? Auf dem Kopfkissen ist jedenfalls nichts. Konnte er sich denn zur Not noch selbst waschen und duschen?«

»Ob er das zur Not gekonnt hätte, weiß ich nicht. Aber wenn, dann müsste wesentlich mehr als nur der halbe Haarkranz nass geworden sein. Jedenfalls war Körperpflege bereits seit längerer Zeit in seiner Pflegestufe enthalten. Er konnte zwar noch ohne

Rollator laufen, aber für die Treppe nach oben zu seinem Schlafzimmer hatte er einen Treppenlift. Obwohl er wahrscheinlich noch Treppen steigen konnte, wenn er gewollt hätte. Aber er gehörte zu den Alten, die sich auch gerne bedienen lassen. Jetzt, wo er tot ist, kann ich das ja mal offen sagen. Er war nicht einer der angenehmsten Patienten«, platzte es aus dem Pfleger raus.

»Da sagen Sie mir nichts Neues«, bestätigte der Arzt. »Man muss immer wieder staunen, wie manche das hinbekommen, sich eine höhere Pflegestufe zu ergattern. Im Gegensatz dazu sind mir auch viele Fälle bekannt, wo die alten Leute bei den Pflegestufenüberprüfungen versuchen, möglichst fit zu erscheinen. Und das zu ihrem Nachteil.«

»Darüber könnte ich inzwischen Bücher schreiben«, stimmte der Pfleger dem Arzt zu.

»Also für mich ist das jedenfalls hier keine eindeutige Situation, in der ich guten Gewissens einen Totenschein ausstellen kann. Da kommt mir einiges suspekt vor. Ich werde die Rechtsmedizin in Oldenburg und die hiesige Polizeidienststelle informieren.«

Nachdem der Arzt die Telefonate erledigt und seine Feststellung notiert hatte, übergab er dem Pfleger eine Durchschrift mit den Worten: »Warten Sie bitte so lange, bis die Polizisten hier eintreffen und das Weitere veranlassen. Und meine Feststellungen übergeben Sie dann bitte dem zuständigen Beamten. Ich kann nicht länger warten, muss zum nächsten Einsatz.«

Es dauerte nicht lange, dann stand ein ziviler Dienstwagen der Oldenburger Polizeidirektion vor dem Haus des Verstorbenen. »Erster Kriminalhauptkommissar Rüdiger Klausen, und das ist meine Kollegin, Kriminalhauptkommissarin Elke Wittmann, von der Polizeidirektion Oldenburg, Morddezernat. Sie haben hier einen ungeklärten Todesfall, ist das richtig?«

»Ja«, bestätigte der Pfleger und übergab die Feststellungen des Arztes an den Polizeibeamten in Zivil. Dazu gab er einen kurzen Abriss über den Verlauf von heute Morgen. Abschließend wollte er dann wissen: »Werden mein Kollege und ich hier noch gebraucht? Wir haben ja noch andere Patienten auf unserer Liste.«

»Wenn Sie mir bitte Ihre Daten geben, wo wir Sie im Bedarfsfall erreichen«, hakte die Kommissarin ein. Nachdem sie sich diese notiert hatte, verließ das Pflegepersonal das Haus.

Inzwischen war auch die Spurensicherung der Polizeidirektion eingetroffen und machte sich an die Arbeit. Es dauerte nicht lange, dann traf auch der Oldenburger Rechtsmediziner Dr. Rabe ein und unterzog den Leichnam einer ersten Begutachtung.

Als er fertig war und den Bestatter angefordert hatte, der den Toten zur Rechtsmedizin bringen sollte, kam er zum leitenden Beamten und sagte: »Herr Klausen, mein vorläufiger Befund deckt sich im Wesentlichen mit den Feststellungen des Notarztes. Ergänzend habe ich eine frische Verletzung am kleinen Finger der rechten Hand des Toten festgestellt.«

Es waren inzwischen ein paar Tage ins Land gegangen. Der Bericht der Rechtsmedizin lag auf dem Tisch und die Soko des Morddezernats der Oldenburger Polizeidirektion hatte sich mit dem Leiter der Spurensicherung zu einem ersten Resümee zusammengesetzt.

»Nach dem Bericht der Rechtsmedizin ist davon auszugehen, dass der Tod des Tischlermeisters im Ruhestand durch einen Schock ausgelöst wurde«, begann Kommissar Klausen seinen Vortrag. »Dafür spricht eine erhöhte Konzentration von Stresshormonen im Blut des Opfers. Wo sich der Tote die Verletzung am kleinen Finger der rechten Hand zugezogen hat, ist nicht genau feststellbar. Aus der Gesundheitsakte des alten Mannes geht hervor, dass er zwar gelegentlich an Herzrhythmusstörungen litt, aber ansonsten keine der für Herzinfarkt typischen Befunde wie zum Beispiel Verengung der Herzkranzgefäße aufwies. So weit der Bericht der Rechtsmedizin.«

»Aber irgendwer muss doch den tödlichen Schock des alten Mannes ausgelöst haben, oder?«, wollte Kommissarin Wittmann wissen.

»So stellt es auch Dr. Rabe in seinem Bericht fest«, bestätigte ihr Chef. »Aber dazu müssten wir erst einmal wissen, wer der oder die Einbrecher waren, bevor wir zu Festnahmen schreiten können.«

»Da seid ihr vielleicht schon schneller dran, als ihr im Moment ahnt«, warf der Leiter der Spurensicherung ein. »Also echte Profis waren da nicht am Werk, so viel kann man jetzt schon sagen. Zwar konnten wir keine Fingerabdrücke sicherstellen, die wir in unserer Zentraldatei haben. Aber wir haben mit den Spritzern des Erbrochenen aus der Dusche einen DNA-Abgleich durchgeführt und sind fündig geworden.«

»Mach es nicht so spannend«, konnte sich Rüdiger nicht zurückhalten.

»Es handelt sich um einen Jugendlichen, Felix Schulte, der unter anderem wegen Einbruchdiebstahls in einem Gartenhäuschen zu Sozialstunden verurteilt wurde. Inzwischen ist er aber gerade volljährig geworden.«

»Na, das passt doch«, meldete sich Elke zu Wort. »Aber ich stelle mir die Frage: Was hat der da geklaut?«

»Möglicherweise könnte die Frage auch lauten: Was haben die da geklaut?«, ergänzte der Forensiker. »Denn den Einbruch in das Gartenhaus hat Schulte mit einem Komplizen, Benjamin Hölter, durchgeführt. Von dem haben wir aber weder Fingerabdrücke noch DNA im Haus gefunden. Und zur Frage, was gestohlen wurde, müssten wir mit den potenziellen Erben Kontakt aufnehmen. Es gab keine Auffälligkeiten, dass zum Beispiel Elektronikgeräte oder Ähnliches fehlten. Denn aus dem Gartenhaus hatte das Duo damals Unterhaltungselektronik entwendet. Es waren im Haus des Toten auch keine Schränke aufgebrochen, und es lag auch nichts auf dem Boden herum. Allerdings stand ein in seinem Schlafzimmerschrank eingebauter kleiner Safe offen. Der Schlüssel steckte, und der Safe war bis auf eine kleine Munitionsschachtel leer.«

»Im Flur stand doch eine Vitrine mit etlichen Pokalen aus Wettkämpfen im Pistolenschießen«, warf die Kommissarin ein. »Dann wird der alte Mann in dem Safe eine Pistole gehabt haben. Aber eine Waffe wurde doch von euch nicht gefunden.«

»Stimmt, Elke, da hast du recht, und wir vermuten das Gleiche wie du«, bestätigte der Forensiker.

»Wie ist der Schulte denn überhaupt ins Haus gekommen?«, wollte der Soko-Leiter wissen. »Es gab ja keine gewaltsamen Einbruchspuren, wie ich mitbekommen habe.«

»Das stimmt, Rüdiger. Das spricht dafür, dass der Tote selbst die Haustür geöffnet hat. Möglicherweise hat er den oder die Täter sogar gekannt. Aber es gab auch einen Schlüssel in einem Versteck, wie es ja leider nicht wenige Hausbesitzer machen. Und in dem Fall sogar der Uralt-Klassiker: der Schlüssel hinter einem kleinen dauergrünen Buchsbusch neben der Haustür. Aber Fingerabdrücke, die belegen könnten, dass dieser Schlüssel genommen wurde, haben wir nicht.«

»Konntet ihr denn Adressen von potenziellen Erben sicherstellen?«, hakte der Soko-Leiter nach.

»Wir haben auf dem Schreibtisch des Toten Telefonnummer und Adresse von seinem Sohn gefunden. Ihr findet das alles nachher in eurem Messenger. Das Anrufen wollten wir euch überlassen. Den Haftbefehl gegen Felix Schulte könnt ihr dann auch schon formell beantragen. Unsere Auswertungen liegen der Staatsanwaltschaft bereits vor«, beendete der Leiter der Forensik seinen Vortrag.

»Elke, den Antrag auf Haftbefehl gegen diesen Felix Schulte kannst du gleich vorbereiten. Ich werde versuchen, telefonisch den Sohn zu erreichen«, gab der Soko-Leiter Anweisung.

Nachdem sich auf dem Festnetztelefon nur der Anrufbeantworter gemeldet hatte, versuchte der Kommissar es auf der Handynummer. Es hatte nur wenige Male geklingelt, als sich der Sohn des Toten meldete. Der Beamte stellte sich vor und wollte dann wissen, wo er den Hinterbliebenen gerade auf seinem Handy erreicht hatte.

»Wir haben in Niedersachsen ja Herbstferien und ich bin mit meiner Familie auf Mallorca in Urlaub«, sagte der Mann. »Ist etwas passiert oder warum ruft mich die Polizei auf Handy an?«

»Ja, es ist etwas passiert, und ich habe leider für Sie eine sehr traurige Nachricht. Ihr Vater wurde heute Morgen vom mobilen Pflegedienst tot aufgefunden.«

Für einen Moment war es still in der Leitung. Dann sagte der Sohn: »Oh mein Gott, damit haben wir noch nicht gerechnet.

Mein Vater hatte zwar schon eine Pflegestufe und brauchte Hilfe bei der Körperpflege und so weiter, aber abgesehen von einigen unregelmäßig auftretenden Herzrhythmusstörungen und dass er auch mit Hörgerät schlecht hören konnte, ging es ihm eigentlich noch ganz gut. Aber warum hat mich der Pflegedienst nicht selbst angerufen? Wenn die Polizei anruft, dann steckt doch meistens ein nicht natürlicher Tod dahinter.«

»Das untersuchen wir ja gerade«, sagte der Kommissar. »Kann ich Ihnen ein paar Fragen stellen, oder brauchen Sie vielleicht erst einmal etwas zur Beruhigung nach dieser schlimmen Nachricht? Sie können mich auch gerne später zurückrufen.«

»Auch wenn das vielleicht etwas hart klingt, aber mein Vater und ich konnten nicht so gut miteinander. Obwohl ich vor einigen Jahren die Tischlerei von ihm übernommen habe. Aber da versuchte er mir immer reinzureden. Deshalb sahen wir uns auch nicht so oft. Er hätte es wohl lieber gehabt, wenn mein Bruder die Firma übernommen hätte. Aber der fährt als Kapitän auf einem Containerschiff zur See und wohnt in Kanada. Also fragen Sie ruhig.«

»Hatte Ihr Vater eine Waffe im Haus?«

»Ja, als er noch fit war, gehörte er einem Schützenverein an. Er war Pistolenschütze und hat so manchen Pokal geholt. Daher besaß er auch einen Waffenschein und eine Pistole in seinem Schlafzimmerschrank in einem kleinen eingebauten Safe.«

»Wir gingen nach der Meldung des Notarztes davon aus, dass bei Ihrem Vater eingebrochen wurde. Deshalb war auch gleich unsere Spurensicherung im Einsatz. Was wir aber fanden, waren Ungereimtheiten. Es gab keine typischen Einbruchspuren, und Ihr Vater hatte eine frische Verletzung am kleinen Finger der rechten Hand, für die wir keine Erklärung finden konnten. Dann der offene Safe, obwohl keine Pistole zu finden war. Vermutlich wurde diese vom Täter mitgenommen. Ob sonst etwas gestohlen wurde, war für uns nicht erkennbar. Da müssten Sie uns mal helfen.«

Die wichtigste Erkenntnis aus den Anhörungen im Strafprozess war für Felix aber: An keiner Stelle waren die Euros aus dem

Keller erwähnt worden! Davon wusste also offensichtlich niemand etwas. Selbst der Sohn des toten Tischlermeisters hatte diese und den Schrank im Keller seines Vaters mit keinem Wort erwähnt.

Daher schwankte Felix hin und her zwischen dem Ratschlag seines Anwalts, endlich auszusagen und Reue zu zeigen, oder sich auf sein Schweigerecht zu berufen. Er hätte ja sagen können, dass Benny mit seinem Fußtritt den Schock bei dem Alten ausgelöst hatte, von dem im Gutachten der Rechtsmedizin die Rede gewesen war. Aber dann wäre wahrscheinlich auch sein Geld weg. Also hielt er den Mund und erhielt die Höchststrafe von zehn Jahren für den Einbruch in Verbindung mit schwerer Körperverletzung mit Todesfolge.

Davon waren später wegen guter Führung eineinhalb Jahre zur Bewährung ausgesetzt worden.

Felix wusste gar nicht, wie lange er jetzt unter der Dusche gestanden hatte. Als er zu seinem Wohnmobil zurückkkam, sagte Mia: »Ich wollte gerade schon den Rettungsdienst alarmieren, weil ich dachte, dass dir was in der Dusche passiert ist. Ich hatte zwar gesagt, du kannst nach dem Frühstück so lange duschen, wie du willst, aber so wörtlich musstest du das jetzt auch nicht nehmen.«

»Alles okay, Mia. Wir haben heute was zu feiern.«

»Und was haben wir zu feiern?«

Über den wahren Grund konnte und wollte Felix nicht mit seiner Freundin reden, daher sagte er mit einem gewinnenden Lächeln: »Du bist da, ich bin da, und wir zusammen haben hier Urlaub, den wir jetzt richtig genießen können.« Dann holte er eine Flasche Sekt aus dem kleinen Kühlschrank, den er extra für einen solchen Anlass vor einiger Zeit gekauft hatte.

4. Kapitel

Nina hatte die Adresse von Kurt Bartels ins Navi eingegeben, und nach wenigen Minuten fuhr sie bereits mit Bert beim Neuharlinger Sieltief auf den Hof des Hauses mit den vier Ferienwohnungen. Es dauerte einen Moment nach dem Klingeln, bis sich eine Frauenstimme mit »Ja bitte?« an der Gegensprechanlage meldete.

»Kommissar Bert Linnig vom Polizeikommissariat Wittmund, wir müssten ganz dringend mit Kurt Bartels sprechen.«

»Was wollen Sie denn von meinem Mann?«

»Das werden wir Ihrem Mann selbst sagen. Ist er zu Hause?«

»Ja, er ist zu Hause, liegt aber im Bett und darf nicht gestört werden.«

»Frau Bartels, würden Sie uns erst einmal reinlassen? Wir hätten dann auch mit Ihnen einige sehr dringende Fragen zu klären. Es geht um den Mieter einer Ihrer Ferienwohnungen, den Ihr Mann vor einer Woche rausgeschmissen hat.«

»Ach, Benjamin Hölter, was ist mit dem?«

»Das erklären wir Ihnen gleich. Frau Bartels, öffnen Sie die Tür! Dies ist keine Bitte, wir sind in einem Polizeieinsatz und müssten uns notfalls gewaltsam Zutritt verschaffen!«

»Um Gottes willen! Was ist denn passiert?«, entfuhr es der Frau, und sie drückte den Türöffner.

Sie führte die Kommissare in die Küche, ohne ihnen einen Platz anzubieten.

Nachdem Bert auch seine Partnerin vorgestellt hatte, sagte er: »Frau Bartels, was ist denn mit Ihrem Mann? Sie sagten, der liegt im Bett und darf nicht gestört werden? Warum nicht? Hatte er vielleicht Nachtschicht?«

»Nein, mein Mann arbeitet nicht im Schichtdienst. Der hat heute Morgen vor dem Frühstück eine Fahrradrunde gemacht, wie er es öfter macht. Dabei ist er schlimm gestürzt. Ich war schon mit ihm bei unserem Hausarzt. Er hat einen Nasenbeinbruch und eine Gehirnerschütterung. Unser Arzt hat ihm für drei Tage strikte Bettruhe verordnet, weil mein Mann nach dem Sturz für einige Zeit besinnungslos gewesen ist.«

»Um wie viel Uhr war Ihr Mann denn heute Morgen unterwegs?«, wollte Nina wissen.

»So gegen sieben. Wann er genau losgefahren ist, weiß ich nicht. Da lag ich noch im Bett. Es muss zwischen halb acht und acht gewesen sein, als er blutüberströmt von seiner Tour zurückkam. Die Nase hat ziemlich geblutet. So genau habe ich da nicht auf die Uhr geguckt. Jedenfalls hab ich dann sofort bei unserem Arzt angerufen. Wir sind befreundet, und deshalb habe ich seine Handynummer. Aber was ist denn passiert, dass Sie mir sogar mit einem Polizeieinsatz drohen?«

»Ihr Mieter, Benjamin Hölter, wurde tot aufgefunden«, antwortete der Kommissar. »So wie es aussieht, war es ein gewaltsamer Tod.«

»Ja, und was hat mein Mann damit zu tun? Glauben Sie etwa, dass er Benny etwas angetan hat?«

»Wir haben eine Zeugenaussage, wonach der Grund für den Rausschmiss Ihres Mieters ein intimes Verhältnis zwischen Ihnen und Benjamin Hölter gewesen sein soll«, antwortete die Kommissarin und fügte dann noch hinzu: »Frau Bartels, bevor Sie antworten, muss ich Sie darauf hinweisen, dass Sie nicht zur Aussage gegen Ihren Mann verpflichtet sind. Allerdings müssen Sie, wenn Sie aussagen, die Wahrheit sagen!«

»Wer behauptet denn sowas?«, versuchte Linda Bartels erst einmal Zeit zu gewinnen und überlegte, wie die Beamten an diese Information gekommen sein konnten.

»Das hat Ihr Mieter selbst jemandem als Grund für seinen Rausschmiss bei Ihnen erzählt«, antwortete die Kommissarin.

»Ach, die Geschichte ist das. Jetzt weiß ich, wie Sie auf sowas kommen. Ja, ein anderer Mieter hier aus dem Haus hat das tatsächlich meinem Mann gegenüber behauptet. Eine Verleumdung, für die ich den eigentlich anzeigen sollte. Denn ich hab sogar eine Zeugin dafür, dass die Aussage unseres Mieters gar nicht stimmen konnte. Es ist meine Nachbarin, bei der ich mich zu der besagten Zeit aufgehalten habe. Die können Sie ja gerne danach fragen. Ich hab sie vorhin noch auf ihrer Terrasse gesehen. Und im Übrigen hat mein Mann Benny nicht rausgeschmissen. Der wollte hier nicht länger bleiben, und ich habe ihm sogar die

Hälfte seiner vorausgezahlten Miete zurückgezahlt. Das kann ich mit seiner Unterschrift beweisen.«

»Naja, ob die Behauptung des anderen Mieters stimmt oder nicht, ist eigentlich sekundär«, hakte Bert in den Dialog ein. »Im Zweifel ist entscheidend, was Ihr Mann geglaubt hat. Deshalb würden wir ihn dazu gerne selbst befragen. Falls er sich gesundheitlich nicht dazu imstande fühlt, müssten wir einen Arzt hinzuziehen. Denn schließlich ermitteln wir hier in einem Tötungsdelikt! Das heißt, wir müssen zumindest einkalkulieren, dass Verdunkelungsgefahr besteht. Also fragen Sie Ihren Mann, ob er bereit ist, uns ein paar Fragen zu beantworten!«

Die Vermieterin ging, um ihren Mann zu fragen. Nach kurzer Zeit kam sie zurück und sagte: »Meinem Mann geht es nicht gut und er möchte seine Ruhe haben.«

»Dann werden wir einen Arzt kommen lassen, der darüber entscheidet, ob Ihr Mann zurzeit wirklich nicht vernehmungsfähig ist«, entschied der Kommissar. »Alternativ könnten wir Ihren Mann wegen dringenden Tatverdachtes auch vorläufig festnehmen und mit einem Krankentransportwagen in ein Krankenhaus zur Begutachtung bringen lassen.«

»Moment, ich spreche nochmal mit meinem Mann«, sagte Linda und ging zurück ins Schlafzimmer.

Es dauerte eine ganze Weile, bis sie wieder in der Küche erschien und sagte: »Meinem Mann geht es wirklich nicht gut. Ich habe mit unserem Hausarzt über Handy gesprochen. Der hat seine Praxis nur ein paar Häuser weiter. Er hat zwar gleich Sprechstunde, würde aber vorher kurz herkommen.«

»Also, dann warten wir«, entschied der Soko-Leiter. »Wissen Sie, ob der Mieter der anderen Ferienwohnung da ist?«

»Ich habe ihn vorhin mit der Brötchentüte ins Haus kommen sehen«, sagte die Vermieterin. »Der müsste gerade beim Frühstück sitzen.«

»Nina, dann könntest du dich inzwischen mit dem mal unterhalten«, sagte Bert zu seiner Frau.

»Es ist die Wohnung im ersten Stock, rechts«, gab Linda ungefragt Auskunft, wobei Nina ihr eine gewisse Nervosität anzumerken glaubte.

Dann ging die Polizistin nach oben. Kurz nach dem Klingeln öffnete ein Mann die Tür. »Guten Morgen, was kann ich für Sie tun?«, wollte er, noch an seinem Brötchen kauend, wissen. Er schien schon im Rentenalter zu sein, wie sein grauer Haarkranz mit breitem Scheitel und der graue Kinnbart vermuten ließen. Er war sommerlich bekleidet mit Shorts und T-Shirt, das sich stramm über seinen gewölbten Bauch spannte.

»Moin, Kommissarin Nina Jürgens vom Polizeikommissariat Wittmund. Könnte ich Sie in einer dringenden Angelegenheit kurz sprechen?«

»Um was geht es denn?«

»Könnten wir das drinnen besprechen? Ich möchte vermeiden, dass wir ungewollt Zeugen unseres Gespräches haben«, sagte Nina leise mit einem bezeichnenden Blick die Treppe rauf, wo sie gerade ein Geräusch gehört hatte.

Der Mann schien das Geräusch auch gehört zu haben, machte daraufhin wortlos die Tür frei und führte die Polizistin in das Wohnzimmer.

»Nehmen Sie Platz«, sagte er. »Ich trinke gerade Kaffee. Mögen Sie auch einen?«

»Vielen Dank! Es wird nicht lange dauern. Ich habe nur ein paar zugegeben etwas delikate Fragen an Sie.«

»Fragen Sie. Ich ahne schon, um was es geht, meine Vermieterin und meinen Wohnungsnachbarn hier. Ich weiß zwar nicht, warum sich dafür inzwischen sogar schon die Polizei interessiert, aber Sie werden mir es sicher gleich erklären.«

»Wir ermitteln in einem gewaltsamen Todesfall. Viel mehr kann und möchte ich Ihnen im Moment noch nicht sagen. Es geht auch in unserem Gespräch nur um eine Zeugenbefragung, die nicht in unmittelbarem Zusammenhang mit dem Tötungsereignis selbst steht, aber trotzdem wichtig sein könnte. Wären Sie damit einverstanden, dass ich unser Gespräch mit dem Handy aufzeichne?«

»Keine Einwände.«

Die Kommissarin schaltete ihr Handy ein. Danach folgten ihre übliche Zeugenbelehrung und ihre erste Frage: »Nach einer Zeugenaussage sollen Sie dem Vermieter erzählt haben, dass Sie aus der Wohnung hier nebenan die Lustschreie seiner Ehefrau gehört haben. Stimmt das?«

»Das stimmt. Kurt und ich kannten uns übrigens bereits, als meine Frau noch lebte, bevor sie an Krebs verstarb. Schon mit ihr habe ich die meisten meiner Urlaube an der ostfriesischen Wattenmeerküste hier im Haus verbracht und war immer superzufrieden. «

»Oh, das mit Ihrer Frau tut mir sehr leid!«, unterbrach ihn Nina.

»Vielen Dank für Ihr Mitgefühl. Das war vor drei Jahren. Aber die Erinnerungen ziehen mich doch jedes Jahr wieder hierher. Linda und Kurt wissen das und reservieren mir auch jedes Jahr um diese Zeit schon die Ferienwohnung. Aber ich schweife ab. Zu Ihrer Frage: Kurt hatte schon seit Ostern einen Verdacht, dass da etwas zwischen diesem Benny und seiner Frau lief. Wobei er davon ausging, dass seine Frau in diesem Fall Opfer von dessen Verführungskünsten geworden ist. Deshalb bat er mich, mal Augen und Ohren offen zu halten.«

»Und das haben Sie dann gemacht«, vermutete Nina.

»Eigentlich nur sehr widerwillig, wenn ich ehrlich bin. Schließlich ist Linda auch immer sehr gastfreundlich zu mir. Und zudem wollte ich nicht den Spitzel in einem Ehekonflikt spielen. Kurt hat mir dann aber glaubhaft versichert, dass er nach wie vor seine Frau sehr lieben würde und sie nur von einem solch abgebrühten und mit allen Wassern gewaschenen Verführer befreien wollte. Er sah in diesem Fall seine Frau weniger als Betrügerin, vielmehr als Opfer. Er hatte gar nicht mitbekommen, dass der Hölter sich für die jetzige Sommersaison schon wieder eingemietet hatte. Die Vermietungen macht nämlich seine Frau. Durch Zufall bekam er das, einen Tag bevor der hier einzog, mit. Aber da wollte er nicht gleich einen Aufstand machen.«

»Und was haben Sie dann beobachtet und gehört?«

»Ich war gerade hier im Flur, als ich in der Nachbarwohnung die Klingel hörte. Da habe ich durch den Spion geschaut und gesehen, wie meine Vermieterin den Nachbarn küsste und dann von ihm in seine Wohnung gezogen wurde. Zu dem Zeitpunkt waren oben noch keine Mieter da und Kurt war mit dem Auto weggefahren. Es dauerte nicht lange, dann wurde es lustvoll laut nebenan.«

»Und wie ging es dann weiter?«, fragte die Kommissarin.

»Eigentlich gar nicht. Irgendwann wurde es nebenan ruhig, und dann war ich zufällig auf dem Weg in die Küche, als ich Geräusche von Stöckelschuhen im Flur hörte. Dann sah ich noch, wie Linda die Treppe runterging. Das war's, was ich gesehen, gehört und Kurt erzählt habe.«

Nina beendete die Zeugenbefragung und ging wieder nach unten. Dort erfuhr sie, dass der Arzt sich etwas verspäten würde. Daraufhin sagte sie zu Bert: »Dann nutze ich noch schnell die Zeit für ein Gespräch mit der Nachbarin.«

Nachdem die Kommissarin sich der Nachbarin vorgestellt und auch den Grund für ihre Zeugenbefragung ähnlich wie zuvor umschrieben hatte, fügte sie noch hinzu: »In dem Zusammenhang habe ich nur ein paar kurze Fragen. Könnte ich dafür reinkommen?«

Die Nachbarin ließ sie daraufhin ins Haus und führte sie in die Küche. Dort sagte sie: »Ich hab gesehen, wie Kurt heute Morgen mit blutigem Shirt auf seinem Fahrrad nach Hause kam. Ist ihm was passiert?«

»Ja, seine Frau sagte, dass er mit dem Fahrrad gestürzt sei«, erwiderte Nina. »Darf ich die kurze Befragung mit meinem Smartphone aufzeichnen?«

Als die Frau nickte, schaltete Nina dieses ein und machte ihre Zeugenbelehrung. Dann wollte sie von der Nachbarin wissen, ob die Aussage von Linda Bartels, dass sie an dem besagten Nachmittag mit ihr zusammen gewesen wäre, zuträfe.

»Linda war den ganzen Nachmittag hier bei mir«, bestätigte die Frau.

»Sind Sie sich da wirklich ganz sicher?«, sagte die Kommissarin. »Ich möchte Sie darauf hinweisen, dass Sie als Zeugin zur Wahrheit verpflichtet sind und sich strafbar machen, wenn sich herausstellt, dass Sie die Unwahrheit gesagt haben.«

»Das ist die Wahrheit. Aber wieso haben Sie da Zweifel?«

»Wir haben eine Zeugenaussage, die etwas ganz anderes besagt«, antwortete die Kommissarin. »Danach kann Frau Bartels gar nicht den ganzen Nachmittag bei Ihnen gewesen sein, weil sie sich in dieser Zeit an einem anderen Ort aufgehalten hat. Wobei ich Sie schon verstehen kann, wenn Sie zu Ihrer Nachbarin halten und ihr vielleicht ein Alibi für deren Ehemann verschaffen wollen. Hier geht es aber um eine Aussage, die Sie unter Umständen vor Gericht wiederholen müssten. Also wollen Sie Ihre Aussage vielleicht nicht doch noch einmal überdenken?«

Die Frau wurde blass. Dann stammelte sie: »So habe ich das noch gar nicht gesehen. Ich wollte doch Linda bloß gegenüber ihrem Mann ein Alibi geben, wie Sie es schon richtig erkannt haben. Es stimmt, Linda war nicht den ganzen Nachmittag bei mir. Sie war tatsächlich oben bei ihrem Mieter Benny, wie sie mir selbst eingestanden hat.«

Nina bedankte sich und ging wieder zu ihrem Mann zurück, der gerade vor der Haustür ein wenig frische Luft schnappte. »Der Arzt ist im Moment bei Kurt Bartels. Er hat mir schon mitgeteilt, dass Bartels uns nachher kaum etwas wird sagen können.«

»Dann brauchen wir einen richterlichen Beschluss. Immerhin geht es um eine Mordermittlung«, erwiderte Nina. »Kurt Bartels hat nämlich tatsächlich ein Eifersuchtsmotiv!« Dann informierte sie ihren Mann in kurzen Worten über die Inhalte der beiden Zeugenbefragungen.

»Das sieht gar nicht gut aus«, stellte Bert fest. »Ich werde mal den Staatsanwalt davon in Kenntnis setzen. Es könnte ja sein, dass wir ganz schnell einen Haftbefehl brauchen. Gegebenenfalls muss der Bartels auch noch in einem Krankenhaus unter Bewachung gestellt werden.«

Nachdem der Soko-Leiter den Staatsanwalt informiert hatte, gingen die beiden Kommissare wieder in die Küche der Vermieterin zurück. Bert hatte die Wohnungstür angelehnt gelassen, bevor er rausging, da die Vermieterin mit dem Arzt bei ihrem Mann war. Kurz darauf kamen Arzt und Vermieterin in die Küche zurück.

»Eine Befragung meines Patienten wird nicht stattfinden können«, sagte der Arzt. »Er ist wieder ohne Besinnung. Kein gutes Zeichen! Ich habe auch schon die Rettungssanitäter angefordert. Es war gut, dass ich gerufen wurde, wenn auch aus einem anderen Grund. Offensichtlich hat mein Patient nicht nur eine leichte

Gehirnerschütterung. Aber darüber werden wir nach einer MRT-Untersuchung im Krankenhaus mehr wissen.«

In dem Moment war schon in der Ferne die Sirene des Rettungstransportwagens zu hören. Kurz darauf waren die Rettungssanitäter mit ihrer rollbaren Krankentrage da. Nachdem die Sanitäter abgefahren waren und auch der Arzt das Haus verlassen hatte, sagte Bert zu der Vermieterin: »Es tut mir leid, dass es Ihrem Mann offensichtlich nicht gut geht. Das entlastet ihn aber auch noch nicht. Immerhin ist er auch nach seinem Sturz noch mit dem Fahrrad nach Hause gefahren.« Danach verabschiedeten sich auch die beiden Polizisten.

***

Auf dem Weg zur Dienststelle sagte Bert zu seiner Frau: »Vorhin, als ich der Frau sagte, dass ihr Mann noch nicht entlastet ist, musste ich an die Feststellung des Rechtsmediziners denken, wonach der Ermordete kurz zuvor eine tätliche Auseinandersetzung gehabt haben könnte. Ich werde gleich bei unserem Staatsanwalt beantragen, dass wir mit richterlichem Beschluss Fingerabdrücke und eine Speichelprobe von Kurt Bartels aus dem Krankenhaus anfordern dürfen.«

»Daran habe ich auch schon gedacht. Denn auch seine erneute Besinnungslosigkeit entlastet ihn nicht vom Mordverdacht. Wie du schon sagtest, immerhin ist er nach dem angeblichen Sturz ja noch mit seinem Fahrrad bis nach Hause gefahren. Nach einer tätlichen Auseinandersetzung mit Benjamin Hölter könnte er ihm nachgelaufen sein und ihn vor dem Strand von hinten erschossen haben.«

»Genauso sehe ich das auch. Die Waffe könnte er unterwegs weggeworfen haben«, stimmte Bert zu. Während Nina ihre beiden Zeugenanhörungen an den Staatsanwalt schickte, rief Bert bei diesem an. Daraufhin wollte dieser sich um einen richterlichen Beschluss bemühen. Bezüglich eines Haftbefehls war dem Richter die bisherige Beweislage noch etwas zu dünn gewesen. Das könnte jetzt vielleicht anders aussehen.

Als die beiden Kommissare in der Dienststelle ankamen, wurden sie schon auf dem Flur von Oke erwartet. »Wir haben interessante Informationen über das Opfer«, sagte er.

»Dann sollten wir uns gleich bei mir im Dienstzimmer zu einer Besprechung zusammensetzen«, gab der Soko-Leiter Anweisung.

»Ist schon vorbereitet«, meldete der junge Kommissar grinsend. »Rita und Silke warten mit Kaffee auf euch.«

Als Nina und Bert sein Dienstzimmer betraten, saßen die beiden Angesprochenen bereits am sechseckigen Besprechungstisch vor einer Tasse Kaffee. Oke, der IT-Freak im Team, hatte sein Notebook über WLAN mit Berts großem Wandbildschirm verbunden. Silke schenkte ihren Chefs noch Kaffee ein und dann saßen die beiden auch schon mit am Tisch.

»Nina und ich sind natürlich neugierig, was für neue Informationen über das Opfer aufgetaucht sind. Trotzdem will ich euch kurz über unsere bisherigen Ergebnisse informieren.« Nachdem Bert seinen Überblick beendet hatte, schloss er diesen mit den Worten: »So, jetzt zu euren neuesten Informationen. Wer trägt vor?«

»Das macht Oke«, antwortete Silke, die den Innendienst organisierte. »Es waren schließlich auch seine Ideen, die zu den Informationen geführt haben.«

»Wir waren ja schon einige Zeit vor euch wieder in der Dienststelle, und da hab ich mir gedacht, ich gebe mal den Namen Benjamin Hölter in die Suchfunktion unserer Zentraldatei ein«, führte Oke aus. »Das Ergebnis seht ihr auf dem Bildschirm. Er war schon mal wegen Einbruchdiebstahls in einer Gartenanlage als Jugendlicher zu Sozialstunden verurteilt worden.«

»Wahrscheinlich eine Jugendsünde«, mutmaßte Nina.

»Ich weiß nicht, ob man das wirklich so nennen kann. Den Einbruch hatte er nicht allein begangen. Er hatte einen Komplizen, Felix Schulte. Da ich schon mal dabei war, habe ich den auch in die Suchfunktion eingegeben«, erwiderte der junge Kommissar.

»Lass mich raten, der hat richtig Dreck am Stecken«, hakte Bert ein.

»Das hast du richtig erfasst«, bestätigte Oke. »Schulte wurde einige Zeit nach den gemeinsamen Sozialstunden erneut straffällig. Diesmal aber richtig. Inzwischen war er auch volljährig, und es ging um Einbruch und schwere Körperverletzung mit Todesfolge. Da er jegliche Aussage verweigerte und auch keinerlei Reue zeigte, wurde er in einem Indizienprozess zu zehn Jahren Haft verurteilt.«

»Und was hat das jetzt mit unserem Mordopfer zu tun? Abgesehen davon, dass dieser bei dem Einbruch in die Gartenlaube mit dabei gewesen war«, wunderte sich der Soko-Leiter.

»Unsere Kollegen in Oldenburg sind anfangs davon ausgegangen, dass Schulte den Einbruch nicht alleine geplant und durchgeführt hat«, führte Oke weiter aus. »Nach Auswertung der Jugendstrafakten zu dem Einbruchdiebstahl in der Gartenlaube sahen sie eigentlich Hölter als die treibende Kraft an, wie mir Kriminalhauptkommissarin Elke Wittmann vom Morddezernat der Oldenburger Polizeidirektion am Telefon sagte.«

»Elke Wittmann?«, hakte Nina ein. »Mit der war ich zusammen auf der Polizeiakademie. Was für ein Zufall!«

»So klein ist die Welt«, kommentierte Oke grinsend und fuhr dann fort: »Jedenfalls sagte die Kollegin Wittmann, dass sie eigentlich sogar fest davon ausgegangen waren, dass Hölter an dem Einbruch, für den sein Kumpel Schulte verurteilt wurde, beteiligt gewesen war. Aber sie konnten ihm das mit keinen forensischen Indizien nachweisen, zumal dann auch noch das Alibi einer Freundin auftauchte. Sie mussten Hölter wieder auf freien Fuß setzen. Übrigens, Schulte wurde wegen guter Führung vor etwas mehr als einem Jahr auf Bewährung vorzeitig entlassen.«

»Schön für ihn. Aber wo ist da ein Zusammenhang zu unserem Fall?«, fragte Bert.

»Dazu komme ich jetzt«, fuhr der IT-Freak im Team fort. »Ziemlich am Schluss der Akte bin ich auf den Bericht seiner Bewährungshelferin mit dem Namen Franziska Liesmann gestoßen, die wohl etwas genauer gelesen hatte, wie man mit etwas Fantasie aus ihrem Namen schon ableiten kann. Jedenfalls hat sie bei der Staatsanwaltschaft nachgefragt, ob der Prozess gegen Schulte angesichts eines Justizirrtums in Bezug auf den bei dem

Einbruch durch Schock verstorbenen Rentner nochmal neu aufgerollt werden könnte.«

»Wie hat die Bewährungshelferin denn das begründet?«, wollte Nina wissen.

»Frau Liesmann stellt in ihrem Bericht fest, dass Schulte von seiner Persönlichkeit her eigentlich nicht der Kriminelle ist, mit denen sie es sonst in der Regel zu tun hatte. Ihr war aufgefallen, dass Schulte über die ganze Zeit im Gefängnis äußerst kooperativ gewesen ist, was auch zu seiner vorzeitigen Entlassung führte. Frau Liesmann schrieb dazu, dass sie es sehr merkwürdig fand, dass jemand, den sie mit ihrer Erfahrung eigentlich als äußerst brav und folgsam einschätzen würde, in einem Totschlagsprozess jegliche Aussage verweigerte.«

»Hat sie darauf eine Antwort gefunden?«, bohrte Nina weiter nach.

»Sie hat ihn gefragt. Und die Antwort hat die Bewährungshelferin zu ihrer Anfrage bei der Staatsanwaltschaft veranlasst. Im Vertrauen hat Schulte ihr gestanden, dass er tatsächlich nicht alleine im Haus des Rentners gewesen ist. Das Ganze sei die Idee von Benny gewesen, der auch gewusst habe, wo der Schlüssel lag. Dann wären sie von dem alten Mann mit einer Pistole überrascht worden. Und dieser Benny hätte dem Alten die Pistole aus der Hand getreten, worauf dieser zusammengebrochen wäre.«

»Aber das hätte er doch auch in dem Prozess aussagen können. Dann wäre sein Komplize für zehn Jahre hinter Gitter gegangen und er hätte vielleicht nur zwei Jahre bekommen«, stellte Bert verständnislos fest.

»Nach dem Bericht hat Frau Liesmann ihm das auch so ähnlich gesagt und Schulte gefragt, warum er denn die ganze Zeit geschwiegen und für seinen Kumpel die Haftstrafe abgesessen hätte. Daraufhin wäre Schulte wieder in sein Schweigen verfallen.«

»Okay, dann könnte man Schulte ein Mordmotiv unterstellen«, meinte Bert. »Schließlich wäre er dann am Tod des Rentners unschuldig und hätte für seinen Komplizen die Strafe abgesessen.«

»Was das mögliche Mordmotiv betrifft, steht abschließend in dem Gutachten, dass Schulte etwas von einer offenen Rechnung gemurmelt haben soll.«

»Na also, dann haben wir doch schon etwas«, stellte Nina fest. »Jetzt fehlt nur noch, dass Schulte sich in der fraglichen Zeit heute Morgen in Tatortnähe aufgehalten hat.«

»Zu diesem Schluss sind wir drei auch schon gekommen«, meldete sich Rita zu Wort. »Ich habe daraufhin, kurz bevor ihr kamt, bei der Anmeldung des Campingplatzes in Neuharlingersiel angerufen und nachgefragt, ob zufällig Felix Schulte dort einen Platz gebucht hat. Die sind im Moment aber unterbesetzt und, da die Ferienzeit begonnen hat, ziemlich unter Druck. Die wollten sich wieder melden.«

Wie bestellt klingelte in diesem Moment Ritas Handy. Es war der Campingplatz in Neuharlingersiel. »Wenn man vom Teufel spricht«, sagte sie, meldete sich und schaltete auf laut.

»Moin Frau Schneider, Sie wollten wissen, ob ein Felix Schulte bei uns einen Platz gebucht hat? Ja, hat er.« Dann gab die Frau die Standplatznummer durch. »Sorry, hat etwas gedauert. Aber wenn Sie nochmal was brauchen … Sie wissen schon.«

Rita bedankte sich und legte auf. »Na bitte, unsere Überlegungen waren wohl gar nicht so falsch.«

»Leute, wir haben einen Einsatz«, sagte der Soko-Leiter. »Ich denke, dafür brauchen wir keine SEK-Unterstützung, aber Einsatzausrüstung mit Sicherheitsweste. Rita und Oke, ihr nehmt den zivilen Einsatzbus, Nina und ich fahren voraus mit unserm zivilen Dienstwagen. Aber vorher schauen wir uns auf dem Lageplan des Campingplatzes die Örtlichkeit an. Ihr geht euch umziehen und ich hole inzwischen den Plan auf den Bildschirm. Dann treffen wir uns hier nochmal vor dem Abmarsch.«

Nachdem Bert den Plan des Campingplatzes aus dessen Website auf dem großen Wandbildschirm vergrößert hatte, zog er sich selbst um und machte sich schon Gedanken über die Einsatzplanung vor Ort.

Kurz darauf saß sein Team wieder am Tisch. Er zeigte mit einem Zeigestock auf einen der ocker markierten Dauerstellplätze unmittelbar vor den Zeltplätzen und sagte: »Das ist der Stellplatz von Anne Bergmann, bei der Hölter die letzten Tage gewohnt hat. Schulte hat einen der preiswerten Standard-Touristikstellplätze westlich, direkt neben dem Sanitärgebäude Diekhus, also keine hundert Meter vom Dauerstellplatz der Köchin entfernt.« Dabei zeigte Bert auf die genannten Örtlichkeiten.

Dann fuhr er fort: »Nina und ich fahren mit unserem Wagen direkt bis zu Schultes Stellplatz. Dabei nutzen wir den Überraschungseffekt. Rita und Oke lassen ihren Bus auf der Zufahrt zum Diekhus stehen, steigen aus und sichern uns gegebenenfalls aus der Deckung des Sanitärhauses. Ich denke aber nicht, dass es zu einem Waffeneinsatz kommen wird.« Dazu zeigte der Soko-Leiter auch hier die genauen Positionen auf dem Plan. Danach verkleinerte er den Parzellenplan wieder auf die Normalgröße und zeigte die vorgesehene Fahrstrecke bis zum Zielpunkt beim Diekhus an. »Bis zum Kreisel vor dem Campingplatz in Neuharlingersiel fahren wir mit Blaulicht, aber ohne Martinshorn.« Dann gab er Silke den Auftrag, die Spurensicherung zu alarmieren. Sören sollte sich mit ihm von unterwegs in Verbindung setzen, damit er ihn auf dem Laufenden halten konnte. Er selbst wollte den Staatsanwalt auf dem Weg nach Neuharlingersiel über Handy informieren. Auf diese Weise würden sie keine Zeit verlieren. Es blieb natürlich ein Restrisiko auch dahingehend, dass Schulte vielleicht gar nicht auf seinem Platz war. In dem Fall wollte Bert über das weitere Vorgehen vor Ort entscheiden.

5. Kapitel

Kurz darauf waren auf der B 461 zwei zivile Fahrzeuge mit Blaulicht in Richtung Carolinensiel unterwegs. Dann bogen beide von der Bundesstraße auf die Umgehungsstraße in Richtung Neuharlingersiel ab. Bert hatte bereits den Staatsanwalt über Handy informiert, als der Leiter der Spurensicherung sich per Funk bei ihm meldete, dass er mit einem Zweierteam unterwegs war. Silke hatte Sören markierte Ausdrucke des Parzellenplanes geschickt, wobei er den Stellplatz der Köchin, bei der der Ermordete untergekommen war, ja bereits kannte.

Schon bald erreichte Nina die Cliener Straat und den Ortseingang von Neuharlingersiel. Sie folgte der Straße zwischen Hafen und Schöpfwerk hindurch und fuhr schließlich an der Vorderseite des Badewerks vorbei bis zum Kreisel vor dem Campingplatz. Dort schalteten sie und der ihr folgende Oke das Blaulicht ab. Bert nahm Kontakt zu Sören auf und informierte ihn, dass er ab jetzt die Funkleitung stehen lassen wollte. Dadurch war der Leiter der Forensik ständig auf dem Laufenden und wusste, wann er mit seinen Leuten in den Einsatz gehen konnte.

Als Nina die Schranke bei der Anmeldung des Campingplatzes erreichte, öffnete diese wie gehabt automatisch. Von dort fuhren sie auf den Deich zu, vor dem sie nach links in Richtung Westen abbogen. Nach etwa einhundert Metern bog Nina links bei der zweiten Abbiegung zum Diekhus ab. Oke war mit seinem Einsatzbus schon bei der ersten Abzweigung wenige Meter davor abgebogen. Kurz dahinter stellte Oke sein Fahrzeug in Deckung des Sanitärgebäudes ab. Dann liefen Rita und er die paar Meter, um dort wie von Bert angeordnet Stellung zu beziehen.

Sie sahen, wie Nina und Bert ausstiegen und zu dem Campingwagen des Verdächtigen gingen. Bert klopfte an die Wagentür, die kurz darauf geöffnet wurde. Oke und Rita konnten anhand der Fotos aus der Akte erkennen, dass Felix Schulte in der Tür stand. Gegenüber seinen früheren erkennungsdienstlichen Fotos hatte er sich im Aussehen allerdings gewaltig verändert. Als junger Mann hatte er lange dunkle Haare getragen und war im Gesicht glattrasiert gewesen.

Sie hörten über Funk, wie er Nina und Bert fragte, was er für sie tun könnte. Die beiden hatten etwas weitere Shirts über ihre schusssicheren Westen gezogen, sodass der Aufdruck ›Polizei‹ nicht sofort erkennbar war. Sie hätten also auch Camper sein können, die mit einer nachbarlichen Frage kamen.

»Moin! Felix Schulte?«, fragte Nina.

»Ja, wieso?«, antwortete der Mann.

»Dann hätten wir ein paar Fragen«, sagte Bert. »Können wir mal reinkommen?«

»Kommt rein, dann könnt ihr einen Schluck mittrinken, wir haben was zu feiern. Der Sekt ist zwar schon alle, aber wir sind schon bei Caipi«, rief von drinnen eine Frauenstimme, und der Mann machte – mehr oder weniger reflexhaft – eine einladende Handbewegung.

Nachdem die Tür des Campingwagens geschlossen worden war, liefen Rita und Oke dorthin und hörten, wie Bert drinnen sagte: »Vielen Dank, dass Sie uns so freundlich einladen. Ich fürchte allerdings, dass wir nicht so willkommen sein werden, wenn wir Ihnen den Grund für unsere Fragen an Sie nennen.«

»Und der wäre?«, wollte Felix wissen, den auf einmal ein sehr ungutes Gefühl beschlich. Zumal ihm Benny früher schon immer vorgehalten hatte, dass er zu leichtgläubig wäre.

»Wir sind vom Polizeikommissariat in Wittmund, Nina Jürgens und ich bin Bert Linnig«, sagte der Kommissar.

Die beiden erfahrenen Beamten merkten dem Verdächtigen an, wie es in ihm arbeitete. Wahrscheinlich schwankte er im Moment zwischen Angriff und Flucht hin und her. Aber da er nur mit Shorts und T-Shirt bekleidet war, wäre eine Waffe schwer zu verbergen gewesen. Da Nina schräg hinter ihm stand, wäre ihr nicht entgangen, wenn er eine Pistole hinten im Hosenbund stecken gehabt hätte.

Deshalb versuchte Bert ihn erst einmal zu beruhigen und Stress abzubauen, indem er sagte: »Keine Panik, Herr Schulte. Im Moment haben wir wirklich nur ein paar Fragen.«

»Fragen Sie, und dann verlassen Sie bitte meinen Camper!«

»Was haben Sie heute Morgen gegen sieben Uhr gemacht?«, wollte der Kommissar wissen.

»Da hat er seine Joggingrunde gemacht«, plapperte die nicht mehr ganz nüchterne Mia los. Sie hatte offensichtlich gar nicht realisiert, wen sie da in den Camper eingeladen hatte.

»Mia, sei still!«, reagierte Felix mit lauter Stimme. Dann sagte er nach einem Moment der Überlegung: »Ja, ich war joggen. Habe ich damit gegen Bewährungsauflagen verstoßen?«

»Damit ganz sicher nicht«, erwiderte die Kommissarin. »Haben Sie bei Ihrem Jogging zufällig Benjamin Hölter getroffen?«

»Nein, habe ich nicht!«

»Aber Sie waren um diese Zeit in der Nähe der Helling«, schoss Bert einen Pfeil ins Blaue ab. Das Zögern des Befragten sagte dem erfahrenen Kriminalisten, dass dieser nach einer Antwort suchte. Deshalb schoss er einen weiteren Pfeil ab: »Sie haben Benjamin Hölter nicht getroffen, aber ihn gesehen und beobachtet, richtig?«

Nach einem kurzen Moment der Überlegung sagte Felix: »Ja, ich bin hier vom Camper auf der Deichkrone in Richtung Helling gelaufen. Von dort wollte ich eigentlich zum Strand runter und dann wieder zu meinem Standplatz zurück. Da sah ich jemand bei der Helling über die Treppe zum Strand laufen. Ich dachte, es könnte Benny sein. Dem wollte ich aber nicht begegnen. Deshalb blieb ich stehen. Dann kam ein anderer Jogger mir entgegen und sprach mich an. Als ich dann schaute, wo Benny geblieben war, lief dieser schon bei den Strandkörben. Kurz hinter ihm lief ein großer Mann. Wo der auf einmal hergekommen war, kann ich nicht sagen. Ich war ja durch den anderen Jogger abgelenkt gewesen.«

»Könnte es sein, dass der andere Mann Ihrem ehemaligen Kumpel von der Helling aus gefolgt ist?«, wollte Nina wissen und dachte in diesem Moment an den Vermieter.

»Könnte sein. Wie gesagt, darauf hatte ich in dem Moment gar nicht mehr geachtet.«

»War sonst noch jemand dort vor dem Strand auf der Strecke?«, bohrte die Kommissarin weiter nach.

»Nein, sonst war niemand zu sehen. Dann fiel Benny plötzlich nach vorne und stand nicht mehr auf. Ich war mir inzwischen ziemlich sicher, dass er es war. Es sah aus, als wenn der Mann hinter ihm auf ihn geschossen hätte. Ein Schuss war aber nicht zu hören gewesen, und gesehen hatte ich das auch nicht. Der Mann lief zu Benny hin, schleppte ihn zu einem der nächsten Strandkörbe und rannte dann zurück in Richtung Helling. Ich lief auch dahin, wollte sehen, wohin der Mann verschwindet. Von Weitem sah ich, wie er bei der Helling etwas in Richtung Schleppanlage ins Wasser schleuderte. Dann verschwand er hinter dem Gebäude.«

»Und was haben Sie dann gemacht?«, wollte der Kommissar wissen. »Das hätten Sie doch melden müssen!«

»Ich war mir nicht schlüssig, was ich tun sollte. Die Polizei oder den Rettungsdienst verständigen? Da wäre ich doch selbst als Vorbestrafter in Verdacht geraten.«

»Konnten Sie denn sehen, ob der Mann da ein Auto auf dem großen Parkplatz stehen hatte oder mit dem Fahrrad da war?«, hakte die Kommissarin nach und dachte in diesem Moment erneut an den verdächtigen Vermieter.

»Nein, das konnte ich nicht sehen. Ich habe nur noch gedacht: Bloß weg hier. Sonst hängen sie dir das auch noch an. Und genau deshalb sind Sie doch mit Sicherheit hier. Weil Sie denken, dass ich Benny erschossen hätte. Aber das habe ich nicht! Das müssen Sie mir glauben! Ich bin jedenfalls gleich hierher zurückgerannt.«

»Dafür hast du aber verdammt lange gebraucht. Und das, wo ich so einen Hunger hatte«, mischte sich seine spürbar angetrunkene Freundin nach einem tiefen Schluck von ihrem Caipi erneut ein.

»Halt deine Klappe«, fauchte Felix sie an. Dann fuhr er nach einer kurzen Pause fort: »Ja, ich bin tatsächlich nicht sofort hierher. Ich bin zu dem Strandkorb, in dem Benny lag. Er war es tatsächlich und hatte in der Bauchgegend einen großen Blutfleck. Ich bin nicht nahe zu ihm hin, um dort keine Spuren zu hinterlassen. Aber ich konnte den leeren Blick seiner offenen Augen sehen. Und falls Sie es wissen wollen: Ja, wir feiern hier seine gerechte Strafe. Schließlich hab ich für ihn achteinhalb Jahre unschuldig im Knast gesessen! Denn er war es gewesen, der den Alten damals auf dem Gewissen hatte.«

»Das hat Ihre Bewährungshelferin wohl ähnlich gesehen und für Sie eine Anfrage auf Wiederaufnahme des Verfahrens bei der Staatsanwaltschaft gestellt. Aber die Indizien und das Alibi Ihres

Kumpels hatten dagegengesprochen«, sagte Nina. »Hätte für Sie zumindest eine Haftentschädigung bringen können.«

»Hätte, hätte, Fahrradkette. Jetzt bin ich Benny nochmal auf den Leim gegangen, indem ich ausgerechnet jetzt hier mit meiner geschwätzigen Freundin Urlaub mache.« Die Bitterkeit in seiner Stimme war nicht zu überhören.

Draußen fuhren in diesem Moment zwei Autos vor. Bert hatte in seinem Ohrhörer Sörens Ankunft mitbekommen. Deshalb wollte er jetzt auf den Punkt kommen: »Herr Schulte, wir möchten Ihnen ja gerne glauben. Aber Sie kennen das ja schon, die Indizien. Wenn Sie wirklich nichts mit dem Tod Ihres ehemaligen Komplizen zu tun haben, dann sollten Sie kooperieren und uns freiwillig zu unserer Dienststelle nach Wittmund begleiten! Ihre Freundin kann hierbleiben und die Arbeit unserer Spurensicherung ›beaufsichtigen‹. Sie wissen, was ich meine«, fügte er dann noch mit einem Augenzwinkern hinzu.

Der Angesprochene brauchte einen Moment, bevor er antwortete: »Ich habe wohl kaum eine andere Wahl. Da muss ich jetzt durch und wieder einmal den Indizien vertrauen. Aber diesmal habe ich gar nicht erst versucht, dem Opfer, in diesem Fall Benny, zu helfen. Also werden Sie diesmal auch keine DNA von mir an der Leiche finden. Und dieses Mal werde ich auch nicht mehr die Klappe halten. Benny ist tot und es gibt nichts mehr zu schützen. Aber dafür hätte ich gerne von Ihnen einen Anwalt. Auch dann, wenn ich den als Zeugen selbst bezahlen müsste!«

Es klopfte an der Tür des Campers, und Nina öffnete. Sören stand davor. »Ich bin hier«, sagte er nur, »und warte draußen, bis ihr so weit seid.«

»Bin ich jetzt festgenommen?«, wollte Felix wissen. »Kann ich mir noch was überziehen?«

»Herr Schulte, da Sie kooperieren und freiwillig mit uns kommen, können wir auf eine vorläufige Festnahme verzichten«, sagte der Soko-Leiter. »Da Sie sich ja unschuldig fühlen, brauchen Sie sicher auch keine Durchsuchung, zum Beispiel nach einer Waffe, durch unsere Spurensicherung zu fürchten und werden dieser sicherlich auch freiwillig zustimmen.«

»Auch da bleibt mir sicher keine andere Wahl, auch wenn das in die Intimsphäre meiner Freundin eingreift, die mit mir hier gemeinsam in unserem Camper Urlaub macht.«

»Deshalb sprach ich vorhin in Anführungsstrichen davon, dass Ihre Freundin den Einsatz unserer Spurensicherung ›beaufsichtigen‹ kann«, versuchte der Kommissar die Angelegenheit entspannt zu halten.

Nachdem Felix sich seinen Jogginganzug übergezogen hatte, stieg er zu Rita und Oke ins Auto.

Bert nahm Sören auf die Seite und sagte: »Du solltest einen Taucher einsetzen. Wer auch immer auf den Saisonkellner geschossen hat, könnte die Pistole bei der Schleppanlage der Helling ins Wasser geworfen haben. Jedenfalls gab Schulte an, das beobachtet zu haben.«

»Werde ich gleich anfordern. Ich habe es über unsere Funkverbindung schon mitgehört und aufgezeichnet. Glaubst du ihm, dass es reiner Zufall war, dass er ausgerechnet hier auf dem Campingplatz gebucht hat? Ich könnte mir sogar vorstellen, dass er von irgendwoher wusste, dass der Kellner heute Morgen eine Joggingrunde machte.«

»Ehrlich gesagt, Sören, das sind mir irgendwie alles zu viele Zufälle auf einmal. Könnte ja auch sein, dass Schulte selbst geschossen und die Waffe entsorgt hat. Hier werdet ihr sie wohl kaum finden. Dann hätte er eurer Durchsuchung sicher nicht so einfach zugestimmt. Andererseits: Solltet ihr tatsächlich bei der Helling die Tatwaffe finden, dann könnte ihn das auch schon wieder irgendwie entlasten. Denn der wird doch nicht den Ort nennen, wo er die wirklich entsorgt hat, falls er der Täter ist.«

»Bert, lassen wir uns überraschen.«

Nach dem Gespräch überließen Nina und Bert den Forensikern das Feld und fuhren zum Kommissariat zurück. Von unterwegs informierte Nina, die das Steuer an Bert übergeben hatte, Silke über den Verlauf des Einsatzes. Dann gab sie ihr den Auftrag, den Pflichtverteidiger Gunter Ostmann zu fragen, ob dieser den Fall übernehmen könnte. Bert und Nina schätzten an Ostmann seine Fairness. Auf juristische Spielchen und Winkelzüge, nur um den Täter vor der eigentlich gerechten Strafe zu schützen, verzichtete er – wobei er aber den Schutz der Rechte seines Klienten nicht aus den Augen verlor.

Kurz darauf meldete sich Silke bereits wieder: »Ich habe den Anwalt auf seinem Handy erreicht. Er ist gerade von einem Einsatz bei der Polizeiinspektion Aurich unterwegs nach Hause. Heute hat er keine weiteren Termine und kommt gleich zu uns.«

»Danke, Silke. Wenn Rita und Oke mit Felix Schulte ankommen, setzt ihr den in eines der Ersatzbüros und nicht in den Verhörraum. Er ist freiwillig mitgekommen und will kooperieren. Wir behandeln ihn daher bis auf Weiteres wie einen Zeugen, auch wenn er verdächtig ist und einen Anwalt verlangt hat. Herrn Ostmann kannst du seine Akte auf einem Tablet geben und ihn zu seinem Klienten setzen. Dann kann er sich schon mit dem besprechen, bis wir kommen.«

Als Nina und Bert im Kommissariat ankamen, saß der Anwalt noch mit seinem Klienten im Gespräch. Rita und Oke hatten Silke inzwischen auch im Detail über den Verlauf der Aktion auf dem Campingplatz informiert.

Der Soko-Leiter setzte sich gerade vor seinen PC, um die Posteingänge durchzusehen, als er von Sören angerufen wurde: »Bert, wir sind so weit mit Schultes Camper fertig. Im Stauraum seines Campingwagens haben wir in der Notfalltasche einen Mini-Abhörsender mit relativ geringer Reichweite entdeckt. An dem klebte noch ein Streifen doppelseitiges Klebeband. Einer meiner Leute, der auch bei der Durchsuchung des Campingwagens der Köchin dabei war, sagte: ›Jetzt weiß ich, was es mit dem kleinen Stück doppelseitigen Klebeband unter dem Wagen auf sich hatte.‹ Er hatte den Streifen vorsichtshalber sichergestellt, und wir werden nachher prüfen, ob das der gleiche ist wie der an dem Abhörsender.«

»So viel zum Thema Zufälle …«, meinte Bert nur.

»Wenn du damit sagen willst, dass Schulte den Kellner abgehört haben könnte – die Bestätigung haben wir schon. Mein IT-Spezialist hat in seinem Notebook eine entsprechende App gefunden. Die Zugangs-PIN für das Notebook bekam der Kollege von Schultes Freundin.«

»Na, das wird Schulte bestimmt gar nicht recht sein, genau wie das, was seine Freundin auch bei uns vorhin schon so völlig unbedarft ausgeplaudert hat«, warf Bert lachend ein. »Aber was soll's.«

»Du sagst es. Jedenfalls hat er schon seit ein paar Tagen den Kellner und die Köchin in ihrem Camper abgehört und alles aufgezeichnet. Damit, dass wir das herausfinden würden, hatte er sicher nicht gerechnet. Für mich absolut kein krimineller Profi. Was jedoch nicht bedeutet, dass er keine Rachegedanken gehabt und umgesetzt haben könnte. Aber das ist jetzt euer Job.«

»Konntet ihr denn schon etwas Wichtiges heraushören?«

»Das hätte ich dir gleich noch gesagt. Die letzte Aufzeichnung war von heute Morgen, so gegen halb sieben. Da hat sich der Kellner von der Köchin mit den Worten verabschiedet: ›Bis nachher, ich mache meine übliche Runde.‹«

»Dann wäre interessant, ob Schulte wusste, was die übliche Runde war.«

»Dazu müssen wir die anderen Aufzeichnungen abhören. Das machen meine Leute in der Dienststelle. Die fahren jetzt gleich zurück. Notebook und Abhörsender haben sie dabei. Weiteres Beweismaterial haben wir nicht gefunden. Das Handy müsste Schulte dabeihaben, wie seine Freundin sagte.«

»Die Auswertung der Aufzeichnungen können auch meine Leute machen«, bot Bert an.

»Das ist eine gute Idee. Ich werde meinen Jungs sagen, dass sie das Notebook bei euch abgeben. Übrigens: Zwei Taucher sind gerade bei der Helling mit Metalldetektoren im Einsatz. Ich werde noch bleiben, bis sie mit ihrer Suche fertig sind. Vielleicht bringe ich die Tatwaffe nachher schon mit.«

Bert hatte das Telefonat mit Sören gerade beendet, als Nina in sein Dienstzimmer kam. »Wir können mit unserer Anhörung beginnen, Herr Ostmann wäre so weit.«

Nachdem die beiden Kommissare den Anwalt begrüßt hatten, sagte dieser: »Wenn sich das bestätigen sollte, was mir mein Klient erzählt hat, dann wäre das wirklich ein tragischer Fall eines Justizirrtums. Ich habe ihm aber auch schon gesagt, dass er selbst diesen hätte vermeiden können. Dazu hätte er nur das aussagen müssen, was er mir gerade erzählt hat. Stattdessen hat er sich offensichtlich auf sein Schweigerecht als Beschuldigter berufen, was indirekt einem Schuldeingeständnis gleichkam. Als Zeuge gegen seinen Komplizen hätte ihm ja kein Zeugnisverweigerungsrecht zugestanden. Im Gegenteil, dann wäre er zur Wahrheit verpflichtet gewesen. Somit wurde es durch seine eigene Schuld zwangsläufig zu einem reinen Indizienprozess, bei dem die Indizien ausschließlich gegen ihn sprachen. Seinem Komplizen konnte noch nicht einmal seine Anwesenheit am Tatort nachgewiesen werden.«

»Ja, so haben wir die Akte auch interpretiert, vor allem die Bemühungen der Bewährungshelferin, die in der Akte ebenfalls dokumentiert sind. Allerdings hat unsere Spurensicherung im Campingwagen Ihres Klienten einen Mini-Abhörsender sichergestellt und dazu auch die entsprechende App auf seinem Notebook gefunden. Allein die letzte Aufzeichnung bestätigt, dass Herr Schulte gewusst hat, dass Benjamin Hölter heute Morgen vorhatte, seine ›übliche Runde‹ zu laufen. Allein schon deswegen werde ich formell eine Vernehmung eines Beschuldigten durchführen müssen.«

»Also geht das schon wieder los, wie damals vor meiner Verurteilung«, meldete sich der Verdächtige zu Wort.

»Bleiben Sie ganz ruhig, Herr Schulte«, versuchte der Pflichtanwalt ihn zu beruhigen und richtete vor Beginn der Vernehmung noch einige weitere Worte an seinen Mandanten.

Nachdem der Soko-Leiter das Aufnahmegerät gestartet und die formelle Belehrung durchgeführt hatte, sagte er: »Es geht um die Aufklärung der Todesumstände Ihres ehemaligen Komplizen Benjamin Hölter. Herr Schulte, als wir vorhin bei Ihnen im Camper standen, gingen wir davon aus, dass wir Sie als Zeugen würden vernehmen können. Und das, obwohl Sie durch Ihre Haftstrafe, die Sie möglicherweise unschuldig für Ihren damaligen Komplizen abgesessen haben, ein Motiv hätten haben können.«

»Und was macht mich dann auf einmal zu einem Mordverdächtigen?«

»Aus welchem Grund haben Sie einen Mini-Abhörsender unter dem Wohnwagen angebracht, in dem Benjamin Hölter bei einer

Köchin des Dattein untergekommen war?«, antwortete der Kommissar mit einer Gegenfrage.

»Herr Linnig, über diese neuen Ermittlungsergebnisse konnte ich mit meinem Klienten noch gar nicht sprechen. Das möchte ich nachholen«, griff der Anwalt in die Befragung ein, und die beiden Kommissare verließen daraufhin wieder den Büroraum.

Es dauerte nicht lange, dann bat der Anwalt sie wieder rein. »Ich habe meinem Klienten empfohlen, umfassend auszusagen, auch wenn es zunächst so aussehen sollte, dass sich ein Verdacht gegen ihn dadurch erhärtet.«

»Okay, Herr Ostmann, dann lassen wir uns mal überraschen«, erwiderte der Kommissar und wiederholte seine Frage von vorhin.

»Ich gebe zu, dass ich während der ganzen Jahre im Knast immer wieder mit dem Gedanken gespielt habe, mein Schweigen zu brechen und gegen Benny auszusagen. Da war ein älterer Mitgefangener, mit dem ich mich etwas angefreundet hatte und dem ich vertraut habe – der hat mir aber davon abgeraten.«

»Und was war seine Begründung?«, wollte die Kommissarin wissen.

»Er hat mir das Gleiche gesagt, was später auf Anfrage meiner Bewährungshelferin auch in der Antwort der Staatsanwaltschaft gestanden hat. Herr Ostmann hat es ja auch schon angesprochen. Benny hatte keine Spuren am Tatort hinterlassen, und eine Freundin hat ihm zudem noch ein Alibi für die besagte Nacht gegeben.«

»Eines würde mich mal der Neugierde halber interessieren«, hakte die Kommissarin an dieser Stelle ein. »Wir sprechen immer davon, dass Ihr Kumpel für den Tod des alten Mannes vor zehn Jahren verantwortlich ist und Sie dafür die Strafe absitzen mussten. Aus der Akte ging auch hervor, dass Herzversagen durch einen Schock die Todesursache war. Mich würde mal interessieren: Wodurch hat Ihr Komplize den tödlichen Schock denn ausgelöst?«

Felix überlegte noch einen Moment, ob er nicht besser wieder schweigen sollte. Am Ende würde doch noch rauskommen, dass Benny und er nur wegen des Schwarzgeldes da im Keller des

Hauses gewesen waren. Das Geld war ja zum Glück nie zur Sprache gekommen und lag immer noch bei seinen Eltern im Gartenhaus im Versteck. Davon hatte er sich gleich nach seiner Entlassung aus dem Gefängnis überzeugt.

Der Anwalt bemerkte das Zögern seines Klienten. Daher sagte er: »Herr Schulte, darüber können Sie ruhig sprechen. Das dient letztlich Ihrer Entlastung, auch wenn sich Ihre Aussage forensisch nicht mehr beweisen lässt.«

Schließlich kam der Angesprochene auch zu der Überzeugung, dass er ja nicht erzählen müsste, warum sie wirklich in dem Haus gewesen waren. Deshalb sagte er: »Benny musste mal etwas zu dem alten Mann nach Hause bringen, und daher wusste er, wo der Hausschlüssel neben der Haustür hinter dem kleinen immergrünen Busch hing. Er hatte gemeint, dass wir uns da mal im Haus umschauen könnten, vielleicht nach altem Schmuck oder so.«

»Aber nach dem Bericht der Spurensicherung war nicht erkennbar, dass Sie und Ihr Komplize irgendwo in einem Zimmer danach gesucht hätten«, merkte der Kommissar an.

»Das stimmt. Damit wollten wir gerade anfangen, dann stand auf einmal der Alte mit einer Pistole in der Hand hinter uns und sagte: ›Ihr rührt euch nicht vom Fleck. Ich ruf die Polizei!‹ Um an sein Telefon zu kommen, musste er an Benny vorbei. Der war ja gut trainierter Kickboxer und trat dem Alten, ehe der reagieren konnte, mit einem blitzschnellen Sprung die Pistole aus der Hand. Der brach im gleichen Moment zusammen.«

»Und was haben Sie dann gemacht?«, wollte die Kommissarin wissen.

»Ich hab ihm den Puls gefühlt. Als ich merkte, dass der tot ist, wurde mir speiübel und ich musste mich übergeben. Wir haben den Alten dann nach oben getragen und versucht ihm in der Dusche meine Kotze aus den Haaren zu waschen. Dabei musste ich mich aber nochmal übergeben. Den Rest der Reinigung hat Benny alleine gemacht, und dann haben wir den Alten wieder in sein Bett gelegt.«

»Dann hattet ihr aber doch alle Zeit der Welt«, wunderte sich Bert. »Dann hättet ihr doch alles durchsuchen können.«

»Wir gingen davon aus, dass der Pflegedienst am nächsten Morgen den alten Mann tot im Bett findet, was bei dem Alter ja sicher passieren kann. Wir wollten dann keine weiteren Spuren hinterlassen und haben uns davongemacht. Benny hat nur die Pistole mitgenommen.«

»Okay, das haben wir jetzt geklärt«, sagte der Soko-Leiter und fuhr dann fort: »Das beantwortet aber noch nicht meine Frage, warum Sie den Abhörsender eingesetzt haben!«

»Dass nur meine DNA von meiner Kotze nachweisbar gewesen war und Benny sich mit dem falschen Alibi einfach aus der Affäre zog und ich für seine Tat unschuldig im Knast schmoren musste, hat ganz schön an mir genagt und ich war stinksauer auf ihn! Am meisten hat mich wütend gemacht, dass es dem A…loch sogar noch gelungen war, eine angebliche Freundin zu finden, die für ihn so dreist lügt! Daher hatte ich ziemlich am Anfang meiner Haft überlegt, ob ich nicht den älteren Knastbruder, der lange vor mir entlassen wurde, bitte, die Frau zu überreden, das Alibi zurückzunehmen.«

Felix verschwieg seine damaligen Überlegungen, dass sein Knastbruder mit Geld aus seinem Versteck versuchen sollte, die Frau dazu zu bringen, ihr Alibi zurückzunehmen. Aber das waren nur Überlegungen geblieben, über die er mit niemand gesprochen hatte.

»Das hätte für die Frau aber strafrechtliche Konsequenzen haben können«, warf Nina ein. »Wahrscheinlich sind Sie selbst auch schon darauf gekommen. Was hatten Sie denn alternativ für Pläne?«

»Da blieb ja nicht mehr viel. Benny musste dafür büßen, aber wie? Ihn verprügeln? Da hätte ich gegen ihn als Kickboxer, der schon viele Wettkämpfe gewonnen hat, schlechte Karten. Ihn irgendwie betäuben und irgendwo gefangen halten und foltern, wie dann an ihn rankommen? Ganz ehrlich muss ich zugeben, auch Erschießen aus dem Hinterhalt war eine denkbare Option. Für mich stand fest: Ich musste erstmal herausfinden, wo er einen Schwachpunkt hat. Aber wie sollte ich das machen? Im Knast hatte ich ja keine Möglichkeit dazu und musste warten, bis ich draußen war.«

»Und da kamen Sie dann auf die Idee, einen Abhörsender einzusetzen«, mutmaßte Bert. »Das wäre aber in der Ferienwohnung, in der Ihr damaliger Komplize normalerweise gebucht hatte, etwas schwierig geworden.«

»Von einem anderen Kumpel bei uns in Oldenburg hatte ich erfahren, dass Benny seit einiger Zeit in der Saison im Dattein in Neuharlingersiel kellnert. Auf dem Campingplatz dort war ich früher schon mal mit meinen Eltern gewesen. Deshalb habe ich mit meiner Freundin den Stellplatz auf dem Campingplatz in Neuharlingersiel gebucht. Eigentlich wollte ich den Abhörsender, den ich mir aus dem Internet besorgt hatte, an Bennys Auto anbringen. Aber dann kam mir der Zufall zu Hilfe. Ich war mit Mia im Dattein Kuchen essen und kam gerade aus der Toilette, als eine Köchin am Festnetztelefon auf dem Gang mit einem gewissen Benny sprach. Er wollte offenbar bei ihr einziehen, und sie lud ihn ein, den ›Schlüssel zum Paradies‹ abzuholen. Dann nannte sie ihm auch noch ihre Parzellennummer. Für mich stand sofort fest, dass das eine von Bennys Affären war. Und ein Blick in den Parzellenplan zeigte mir: Das ist gar nicht so weit von meinem Stellplatz weg.«

»Und dann sind Sie gleich hin und haben den Abhörsender platziert«, vermutete die Kommissarin.

»Nicht gleich, erst habe ich mich oben auf dem Deich aufgehalten. Den Standplatz der Köchin kann man von dort ganz gut sehen. Es dauerte auch gar nicht lange, dann kam Benny. Ich hab ihn sofort erkannt, aber er mich nicht. Sicher auch, weil ich inzwischen anders aussehe als in unserer Jugend. Als er dann nach einer Weile zum Sanitärhaus ging, bin ich hin und habe den Sender angeklebt.«

»Wodurch Sie wussten, dass Ihr ehemaliger Kumpel regelmäßig die gleiche Strecke joggte.«

»Sie werden es ja sowieso rausbekommen. In einer der Aufzeichnungen hat er der Köchin tatsächlich beschrieben, wo er immer langläuft und dass er dann immer am Dattein und der Helling vorbeikommt.«

»Also brauchten Sie ihm da ja nur aufzulauern und von hinten niederzuschießen«, stellte die Kommissarin fest. »Und vielleicht haben Sie ja auch damals die Pistole aus dem Haus des alten Mannes mitgenommen und zu Hause irgendwo versteckt.«

»Nein, ich habe die Pistole damals nicht mitgenommen, sondern wirklich Benny! Allerdings gebe ich zu, dass solche Gedanken in meinem Kopf waren, nur ich hatte ja keine Pistole. Und ich gebe auch zu, dass ich nicht gerade traurig war, als ich Benny da tot im Strandkorb liegen sah.«

»Na, für jemanden, der so lange gesiebte Luft geatmet hat wie Sie, dürfte es doch kein Problem sein, alte Kontakte zu nutzen, um an eine Pistole zu kommen«, war sich der Kommissar sicher.

»Genau davor, Kontakte aus dem Knast wieder aufzuwärmen, hatte mich meine Bewährungshelferin von Anfang an eindringlich gewarnt. ›Da bist du schneller beim Verstoß gegen die Bewährungsauflagen, als du gucken kannst‹, waren ihre Worte.«

»Ich hatte ja gesagt, dass mein Klient umfassend und offen antworten wird«, übernahm der Anwalt nun das Wort. »Er hat sogar zugegeben, dass er über Möglichkeiten, sich zu rächen, nachgedacht hat. Aber außer, dass er ein Abhörgerät zum Einsatz gebracht hat, können Sie ihm nichts Konkretes vorwerfen. Er beabsichtigt auch noch zwei Wochen mit seiner Freundin auf dem Campingplatz zu bleiben. In Oldenburg ist er wieder im Haus seiner Eltern gemeldet, und sein Onkel hat ihn nach seiner Haftentlassung wieder als Kellner eingestellt. Also besteht bei ihm weder Verdunkelungs- noch Fluchtgefahr. Oder haben Sie noch irgendwelche Indizien, die für ihn als Täter sprechen?«

»Die haben wir im Moment noch nicht. Die Auswertungen durch unsere Forensik sind aber auch noch nicht abgeschlossen«, erwiderte der Soko-Leiter. »Ich werde gleich den Staatsanwalt anrufen und nachfragen, ob er einen Haftbefehl beantragen will.«

Es dauerte nicht lange, dann war der Kommissar wieder zurück und sagte: »Herr Schulte, der Staatsanwalt beabsichtigt zum gegenwärtigen Zeitpunkt keinen Haftbefehl gegen Sie beim Haftrichter zu beantragen. Sie sind freiwillig zur Vernehmung mitgekommen, haben einer Durchsuchung zugestimmt und sich auch in Bezug auf die Befragung sehr kooperativ gezeigt, wodurch weder Verdunkelungs- noch akute Fluchtgefahr unterstellt werden kann. Sie sollen sich aber zur Verfügung halten und dem Kommissariat mitteilen, wenn Sie wieder nach Hause fahren.«

»Dann können wir jetzt gehen?«, wollte der Anwalt wissen.

»Wir haben uns schon abgesprochen. Falls Herr Schulte nicht hierbleiben muss, kann ich ihn mitnehmen und zum Campingplatz bringen. Für mich liegt das auf dem Weg.«

»Sie können gleich gehen«, erwiderte Bert. »Aber vorher müssen wir mit Ihrem Klienten noch eine Zeugenbefragung durchführen.«

Nach der formellen Belehrung wollte Bert wissen: »Herr Schulte, Sie erzählten uns im Wohnwagen, dass Sie einen Mann beobachtet haben, der vor dem Strand hinter Benjamin Hölter herlief. Können Sie diesen beschreiben?«

»Ich würde sagen, der war mindestens so groß wie Benny, aber nicht so schlank. Mag aber auch täuschen, denn Benny hatte nur Shorts und T-Shirt an. Der Mann hinter ihm trug dunkle Kleidung mit halblangen Ärmeln, aber mit Hosen, die nur bis zum Knie gingen.«

»Könnte es sich um einen Bikerdress gehandelt haben?«, hakte die Kommissarin ein.

»Wo Sie das sagen, stimmt. Da fällt mir noch ein: Der hatte auch kräftigere Arme und Beine, das konnte ich auf die Entfernung hin erkennen. Das fiel mir auf, als er Benny zu dem Strandkorb schleppte. Kraft schien der jedenfalls zu haben.«

»Können Sie den noch genauer beschreiben, Haarfarbe und so weiter?«, bohrte Bert nach.

»Er hatte kurze dunkle Haare. Mehr kann ich dazu aber nicht sagen.«

»Okay, falls Ihnen noch etwas einfällt, würden wir Sie bitten, uns telefonisch zu informieren«, beendete der Kommissar die Befragung, und der Anwalt verließ mit seinem Klienten das Kommissariat.

6. Kapitel

Bert und Nina saßen in seinem Dienstzimmer mit einer Tasse Kaffee zur Nachbesprechung der Vernehmung des immer noch nicht vollständig entlasteten Felix Schulte zusammen.

»Ich frage mich die ganze Zeit, welche Rolle unser Mordopfer Benjamin Hölter in dieser ganzen Geschichte spielt«, sagte Nina. »Der scheint ja wahrhaftig kein unbeschriebenes Blatt zu sein. Wir sollten uns doch mal etwas näher mit seiner Vergangenheit beschäftigen. Es deutet viel darauf hin, dass das Mordmotiv da irgendwo zu finden ist, zumal wir jetzt mit dem Vermieter schon zwei Verdächtige haben.«

»Das sehe ich genauso«, antwortete Bert. »Du sagtest doch, dass du mit der Kollegin Wittmann auf der Polizeiakademie gewesen bist. Was hältst du davon, wenn du sie mal anrufst? Vielleicht bringt uns das etwas weiter.«

»Eine gute Idee«, nahm Nina den Gedanken ihres Mannes auf und suchte sich aus Okes gespeicherten Aufzeichnungen die Telefonnummer der Kollegin heraus.

Diese meldete sich nach mehrmaligem Klingeln. Nachdem Nina ihren Namen genannt hatte, fiel sie ihr ins Wort: »Nina Jürgens? Wir waren doch zusammen auf der Akademie! Was für eine Überraschung! Wie geht es dir? Wie ich auf dem Display gesehen habe, rufst du ja nicht aus Hannover, sondern aus Wittmund an.«

»Das ist richtig, Elke. Mir geht's gut. In Hannover bin ich schon lange nicht mehr. Ich bin schon seit einigen Jahren hier beim hiesigen Polizeikommissariat. War 'ne schöne Zeit mit dir auf der Akademie. Vielleicht können wir uns ja mal privat treffen und über alte Zeiten quatschen, Oldenburg ist ja nicht weit.«

»Nina, das machen wir. Aber du hast Glück, dass ich ans Telefon gegangen bin, ich sitze gerade mit meinem Leiter in einer Besprechung. Als ich aber die Vorwahl von Wittmund auf dem Display sah, bin ich drangegangen, weil ein Kollege von dir heute Morgen schon bei mir angerufen hatte und ich dachte, dass der noch wichtige Fragen zu eurem Mordfall hat.«

»Genau deswegen rufe ich an, und mein Partner Bert Linnig hört mit.«

»Ich habe ebenfalls gerade auf laut gestellt, und jetzt hört auch Rüdiger Klausen mit. Wir unterhalten uns nämlich gerade über euren Fall.«

»Aufgrund eurer Informationen hat eine Kollegin unseres Teams einfach ins Blaue hinein beim Campingplatz in Neuharlingersiel, wo der Mord am Strand passiert ist, nach Felix Schulte gefragt«, sagte Nina.

»Und? Sag bloß, der ist da auf dem Platz«, konnte ihre Kollegin es kaum glauben.

»Nicht nur das, Elke. Wir hatten ihn hier auch sogar schon zur Vernehmung. Für uns stellt sich im Moment natürlich vor allem die Frage: Hat sich Felix Schulte an seinem alten Kumpel Benjamin Hölter doch noch gerächt oder nicht?«

»Nina, das wäre durchaus denkbar, denn nach unserer, wenn auch leider unbewiesenen Überzeugung hat Schulte tatsächlich die Haft für seinen Kumpel abgesessen. Ich bin übrigens Rüdiger, und ich denke, es ist okay, wenn ich das Du verwende.«

»Schon okay, und ich bin Bert«, meldete sich dieser zu Wort. »Fakt ist: Ein Motiv hätte er in jedem Fall, das hat er auch bei der Vernehmung selbst eingeräumt. Für ihn spricht allerdings, dass er sogar freiwillig mitkam, einer Durchsuchung zugestimmt und umfassend und weitgehend plausibel ausgesagt hat. Er hat uns sogar das erzählt, was er im Prozess verschwiegen hatte. Da ging es um eine Pistole, die Hölter dem alten Mann aus der Hand getreten hat. Dies hätte nach seiner Erzählung den tödlichen Schock bei dem Mann ausgelöst und war auch der Grund für dessen Handverletzung.«

»Damit haben wir ja die Erklärung für die Verletzung an der rechten Hand des alten Mannes«, erwiderte die Oldenburger Kommissarin. »Eine Pistole hat unsere Spurensicherung aber nicht gefunden, nur den offenen Safe im Schlafzimmerschrank.«

»Die hat nach Schultes Aussage sein Komplize mitgenommen. Auf unsere Vorhaltung hin, dass er mit dieser Waffe ja auch Hölter am Strand erschossen haben könnte, bestritt er dies vehement und bestand auf seiner Aussage, dass sein Kumpel die Pistole des alten Mannes an sich genommen und behalten hätte«, erläuterte Nina.

»So wie euer Kollege heute Morgen sagte, habt ihr bislang aber die Tatwaffe noch nicht gefunden, richtig?«, wollte Elke wissen.

»Stimmt«, bestätigte Nina und berichtete dann von Schultes Zeugenaussage und dass bei der Helling in Neuharlingersiel nach der Pistole gesucht würde.

»Wurde Schulte denn bei euch jetzt in U-Haft genommen?«, wollte Rüdiger wissen.

»Nein«, antwortete die Wittmunder Kommissarin. »Da wir die Waffe noch nicht haben, können wir im Moment Schultes diesbezügliche Aussage auch nicht widerlegen. Und weil er einen festen Wohnsitz bei seinen Eltern im Haus hat und seit seiner Haftentlassung wieder als Kellner im Lokal seines Onkels angestellt ist, hat der Staatsanwalt auf Beantragung eines Haftbefehls verzichtet. Aber wie Rüdiger gerade sagte, seid ihr nach wie vor doch davon überzeugt, dass Schulte unschuldig die Haftstrafe für seinen Komplizen abgesessen hat, was ja auch dessen jetziger Aussage entsprechen würde. Was uns aber Kopfzerbrechen bereitet, ist Hölters Rolle in diesem ganzen Drama.«

»Für uns steht schon lange fest, dass Schulte nur ein Mitläufer war. Der eigentliche Kriminelle war Hölter«, meinte Elke. »Im Zusammenhang mit der ersten Verurteilung des Duos Hölter/Schulte im Jugendstrafverfahren gab es einige ungeklärte Überfälle im Oldenburger Schlosspark. Dabei hatten die Kollegen, die diese Fälle bearbeiteten, schon den Verdacht, dass das damals noch jugendliche Duo dahinterstecken könnte. Die Vorgehensweise der Täter war so: die Betroffenen blitzschnell außer Gefecht setzen, dann ausrauben und verschwinden. Solche Blitzattacken gehören durchaus in das Repertoire eines Kickboxers wie Hölter. Aber die Zeugenaussagen von überwiegend betrunkenen Opfern waren zu unpräzise, als dass es für eine Anzeige, geschweige denn Festnahme gereicht hätte.«

»Hier bei uns ist Hölter zwar noch nicht kriminell in Erscheinung getreten«, sagte Bert. »Aber er soll mit der verheirateten Vermieterin seiner Ferienwohnung ein Verhältnis angefangen haben. Deren Mann hat damit nachgewiesenermaßen auch ein Tatmotiv und könnte sich sogar zum Zeitpunkt des Mordes in Tatortnähe aufgehalten haben. Das müssen wir noch anhand seines Bewegungsprofiles überprüfen. Er ist angeblich mit dem Fahrrad gestürzt und befindet sich zurzeit mit Gehirnerschütterung im Krankenhaus. Da Hölter kurz vor seinem Tod eine körperliche Auseinandersetzung mit jemandem gehabt hat, wie Blutspuren an seiner Faust belegen, warten wir auf die DNA des Vermieters aus dem Krankenhaus. Sollte ein entsprechender Vergleich positiv ausfallen, dürfte das ausreichen, um ein Bewegungsprofil seines Handys anzufordern.«

»Naja, das Verhältnis zu seiner verheirateten Vermieterin ist zwar moralisch zu beanstanden, aber nicht kriminell«, stellte Elke fest. »Wir haben ihn damals ja auch zur Vernehmung hier gehabt. Ein smarter, sehr gut aussehender Typ, der es versteht, sich charmant zu geben. Dass dem Frauen, die auf Partnersuche sind, auf den Leim gehen, ist gut nachvollziehbar.«

»Und offensichtlich nicht nur Frauen, die auf Partnersuche sind, wenn ich an seine Vermieterin denke«, merkte Nina lachend an. »Ist er bei euch diesbezüglich vielleicht auch schon mal durch Eifersuchtsgeschichten auffällig geworden? Da könnte doch auch irgendwo noch eine offene Rechnung sein.«

»Ausschließen würden wir bei Hölter in dieser Beziehung gar nichts«, übernahm der Soko-Leiter aus Oldenburg die Antwort. »Konkrete Erkenntnisse dazu haben wir im Moment allerdings nicht. Es wäre aber schön, wenn ihr uns gelegentlich und natürlich bei Bedarf über den Fortgang beziehungsweise den Abschluss eures Verfahrens in Kenntnis setzen würdet.«

Dem stimmte der Soko-Leiter aus Wittmund zu. Dann wurde das Gespräch beendet. Zuvor hatten Elke und Nina ihre privaten Kontaktdaten ausgetauscht und sich nochmals gegenseitig versichert, sich in Kürze mal in Oldenburg treffen zu wollen.

***

Für Nina und Bert drängte auf einmal die Zeit. Silke lugte gerade schon in ihrer schicken Uniform zur Tür herein und sagte: »Denkt ihr daran, dass wir um siebzehn Uhr einen wichtigen Termin in der Kirche in Werdum haben? Wie ich sehe, müsst ihr euch auch noch die gute Uniform anziehen.«

Es war der fünfte Jahrestag. Damals, im »Strandmordfall«, war ein Mitglied ihres Teams, Bernd Guben, bei der Explosion von Berts Dienstwagen ums Leben gekommen. Tragischerweise hätte eigentlich Bert den Wagen fahren sollen, denn ihm hatte der Anschlag gegolten.

Das Soko-Team unter der Leitung des Ersten Kriminalhauptkommissars Bert Linnig, verstärkt durch den Leiter der Forensik, Erster Kriminalhauptkommissar Sören Nansen, bestieg kurze Zeit darauf im Hof des Polizeikommissariats zwei Einsatzfahrzeuge. Es dauerte nicht lange, dann erreichten sie die Straße an der Kirche in Werdum.

Zu Fuß gingen sie die letzten Schritte zur Kirche, die auch optisch einen würdevollen Rahmen bot. Die weißen Rundbogenfenster hoben sich schön von der roten Klinkerwand ab. Der weithin sichtbare Turm erhielt durch ein aufgesetztes, säulengetragenes kleines Türmchen seinen unverwechselbaren Charakter.

Vor der Kirche wurden sie schon von Bernds ehemaliger Lebensgefährtin Afke Buurmann und seinen Eltern erwartet. In diesem Moment riefen die Kirchenglocken wie auf Kommando zur Andacht und zum Gebet. Nachdem sie sich begrüßt und ein paar Höflichkeiten ausgetauscht hatten, gingen sie gemeinsam in die Kirche, um dem vor fünf Jahren auf so tragische Weise ums Leben gekommenen Bernd Guben in einer Andacht zu gedenken.

Kurz darauf erschien die Pastorin, die auch damals die Beerdigung begleitet hatte. Nachdem die Pastorin gesprochen hatte, trat der Soko-Leiter ans Mikrofon und sagte: »Der Tod unseres sehr geschätzten Kameraden Bernd Guben durch einen kriminellen Sprengstoffanschlag jährt sich heute zum fünften Mal. Für uns ein Grund, seiner zu gedenken! Er hat eine Lebenspartnerin, Afke Buurmann, und einen süßen kleinen Jungen, Behrend Buurmann, hinterlassen, der jetzt viereinhalb Jahre alt ist und den Namen seines Vaters in der ostfriesischen Version als Andenken erhalten hat. Es freut mich, dass auch Bernds Eltern aus Gelsenkirchen es einrichten konnten, an der heutigen Gedenkfeier teilzunehmen. Ihnen und allen Anverwandten gilt heute immer noch unser Mitgefühl und unsere Anteilnahme! Nicht nur uns als Polizeibeamte wurde durch Bernds Tod drastisch vor Augen geführt, dass wir im Fall des Falles mit Leib und Leben – im wahrsten Sinne des Wortes – für die Freiheit und die Sicherheit unseres Staates und seiner Bürger eintreten müssen. Mich persönlich belastet dabei bis heute der Gedanke daran, dass der Anschlag eigentlich mir gegolten hatte und Bernd nur zufällig meinen Dienstwagen fuhr. Für mich persönlich ist dieser Tag bei aller Bitterkeit jedes Jahr wieder aufs Neue wie eine Wiedergeburt.«

In diesem Moment musste der hartgesottene Kommissar, der schon in seinen ersten Dienstjahren als Polizeibeamter in der Ruhrmetropole Essen einiges erlebt hatte, einen Moment innehalten. »Was uns allen bleibt«, fuhr er dann fort, »sind die schönen Erinnerungen an einen lebensfreudigen, sehr hilfsbereiten und liebenswerten Kollegen. Mancher erinnert sich noch an die angeregten, aber immer fairen Fußball-Streitgespräche mit dem eingefleischten Schalke-Fan. Und mancher von euch denkt sicher auch noch mit Schmunzeln an das Polizisten-Duo Pat und Patachon, wenn der über einen Meter neunzig lange, schlaksige Bernd neben der dagegen zierlich wirkenden Silke auf Streife ging.«

Wieder musste Bert einen Moment innehalten, bevor er weitersprach: »Eines Tages wird der kleine Behrend stolz auf seinen Papa sein, der sein Leben im Kampf gegen das Böse in der Welt lassen musste. Mit viereinhalb Jahren weiß der Kleine nur, wie Afke mir am Telefon sagte, dass sein Papa da oben im Himmel bei den Engeln sei und immer auf ihn aufpassen würde. Heute ist der Kleine bei Afkes Schwester und seiner Cousine und seinem Cousin. Im Anschluss an diese Andacht wollen wir noch ein Gesteck an Bernds Urnengrab niederlegen. Anschließend treffen wir uns zu einem Abendessen in unserem Stammlokal Harle-Stübchen. Es würde mich sehr freuen, wenn die Pastorin, Afke und Bernds Eltern auch daran teilnehmen.«

Nach Berts Rede spendete die Pastorin noch den Segen und wünschte den Hinterbliebenen viel Kraft und Frieden. Danach zogen sie bei gedämpfter Orgelmusik nach draußen zu den Urnengräbern, wo Afke und die Pastorin das Blumengesteck niederlegten und ein Grablicht entzündeten. Zum Abschluss sprach die

Geistliche noch ein Gebet und segnete das Grab und die Anwesenden.

Im Harle-Stübchen angekommen, war im Nebenzimmer schon der Tisch eingedeckt. Das Restaurant befand sich in der Osterstraße und war inzwischen zum Stammlokal des Wittmunder Soko-Teams geworden. Die Beamten mussten vom Kommissariat aus nur am Amtsgericht und Kreishaus vorbei und waren dann auch schon beim Lokal. Lars Kröger, der Wirt des Harle-Stübchens, und seine Partnerin Yvonne hatten bereits Snirtjebraten klassisch mit Salzkartoffeln, Rotkohl, rote Beete und eingelegten Kürbisstückchen vorbereitet, als die Trauergäste eintrafen.

Bernds Eltern staunten nicht schlecht. Im Gastraum des Harle-Stübchens entdeckten sie drei große Wandbilder mit dem Raddampfer Concordia, der ursprünglich zwischen Carolinensiel und Wittmund unterwegs gewesen war. Die Bilder verliehen dem Raum eine anheimelnde Atmosphäre.

»Heute verkehrt eine neue Version mit Dieselantrieb als Concordia II auf der Harle zwischen dem Museumshafen in Carolinensiel und dem Yachthafen in Harlesiel«, erläuterte Nina Bernds Eltern.

»Mit der Concordia II ist Bernd mit uns schon mal gefahren, als wir ihn besucht haben. Das war, als er bei Afke ins Haus nach Neuharlingersiel zog«, antwortete Bernds Mutter.

»Moin, herzlich willkommen, auch wenn der Anlass für euch ein trauriger ist«, begrüßte der Wirt Lars Kröger die Gäste. »Für euch ist im Nebenzimmer bereits eingedeckt. Das Abendessen war ja für achtzehn Uhr bestellt. Ich gehe aber davon aus, dass ihr vorher erstmal etwas trinken wollt.«

»Das ist richtig, Lars«, bestätigte Bert. »Wir sind aber eine Person weniger, die Pastorin hatte leider noch einen anderen Termin.«

»Kein Problem, auch wenn noch jemand dazugekommen wäre. Dann nehmt schon mal drinnen Platz. Yvonne nimmt dann gleich eure Bestellungen auf«, erwiderte der Wirt.

Als alle mit einem Getränk versorgt waren, erhob Bert das Glas und sagte: »Lasst uns auf unseren Bernd trinken und auf die

Hoffnung und den Wunsch, dass uns in der Zukunft solche Ereignisse erspart bleiben.«

»Ich hoffe, wir kommen nicht zu früh mit einem Gruß aus der Küche«, sagte der Wirt zehn Minuten später und begann mit Yvonne aufzutragen.

Bei seinen Stammtischen und bei anderen Anlässen versuchte das Soko-Team hier im Harle-Stübchen das Thema Dienst zu vermeiden. Aber immer wieder passierte es, dass sie auf einmal dann doch wieder über den aktuellen Fall diskutierten. Heute Abend verbot sich dies eigentlich schon allein durch die Tatsache, dass Bernds Verwandte und damit zivile Gäste mit am Tisch saßen. Trotzdem dauerte es nicht lange, und auf einmal waren sie beim Essen wieder bei dem Thema angelangt, welches das Soko-Team zurzeit am meisten beschäftigte. Und das, obwohl seitens der Beamten niemand dazu den Anstoß gegeben hatte.

Auslöser war hierbei Afke mit ihrer Frage: »Stimmt es, dass am Strand von Neuharlingersiel ein toter Jogger in einem Strandkorb gefunden wurde?«

»Stimmt«, bestätigte Nina, die neben ihr saß.

»Ich habe gehört, dass es sich dabei um einen der Saisonkellner des Dattein handeln soll. Ist das richtig?«, bohrte Afke weiter nach.

»Afke, du weißt doch, dass wir über diese Dinge nicht reden dürfen«, antwortete Bert, der die Frage auch mitbekommen hatte. »Schließlich geht es hier um laufende Ermittlungen.«

»Gibt es einen Grund, warum du danach fragst?«, hakte Nina, ihrer weiblichen Intuition folgend, nach.

»Ja, den gibt es«, erwiderte Afke. »Es war im letzten Jahr, am Wochenende nach Neujahr, also in der Weihnachten/Neujahr-Saison. Da war ich abends zu einer musikalischen Live-Session im Dattein. Ich bin ein Fan von der Band, die da ihren Auftritt hatte. Da bediente mich ein Kellner. Benny hieß der und kam aus Wilhelmshaven, wie er sagte. Das war so ein selbst im Winter braungebrannter smarter Typ, der versuchte mit mir anzubandeln. Mir war der einfach einen Tick zu smart, und das habe ich ihn auch spüren lassen, indem ich seine charmanten Komplimente einfach abblitzen ließ. Aber neben mir am Tisch saß eine sehr gut aussehende jung gebliebene Frau. Da sie genau wie ich ohne Begleitung war, waren wir bereits miteinander ins Gespräch gekommen. Die war von diesem Benny hin und weg. Sie konnte gar nicht verstehen, warum ich den so abblitzen ließ.«

»Und dann hat der Kellner es bei dieser Frau versucht?«, wollte Rita, die auf der anderen Seite von Afke saß, es genau wissen.

»Genau das. Sie sagte mir: Obwohl sie eigentlich glücklich verheiratet wäre, würde sie den nicht von der Bettkante schupsen.«

»Jetzt sag bloß, dass deine Tischnachbarin dann mit dem Kellner an dem Abend mal kurz verschwunden war«, konnte Nina sich die Bemerkung nicht verkneifen.

»Nina, du scheinst eine Hellseherin zu sein. Meine Tischnachbarin kam von der Toilette zurück an den Tisch und sagte mir, dass ich ihren Platz freihalten sollte. Nach einer Dreiviertelstunde war sie wieder da.«

»Und lass mich raten, in der Zwischenzeit hatte ein anderer Kellner an deinem Tisch bedient«, hakte Rita noch einmal nach.

»So war es«, bestätigte Afke. »Hilka, so hieß die Frau, hat mir dann erzählt, dass sie mit Benny in ihrem Wohnmobil war. Sie hätte einen Standplatz nur etwa zweihundert Meter vom Dattein entfernt. Und Benny würde nach Feierabend den Rest der Nacht mit ihr verbringen.«

»Wie passt denn sowas zu einer angeblich glücklichen Ehe?«, wunderte sich Silke, die Afke gegenübersaß und das ganze Gespräch mitbekommen hatte.

»Ich konnte es mir nicht verkneifen. Danach habe ich sie auch gefragt«, antwortete Afke. »Zumal sie, nach ihrer Kleidung und ihrem Schmuck zu urteilen, sehr wohlhabend wirkte. Jedenfalls nicht wie eine Frau, die einfach so fremdgeht. Sie sagte mir, dass sie sich das eigentlich selbst nicht erklären könnte und sowas auch noch nie zuvor gemacht hätte.«

»Kann man das glauben?«, hatte Rita ihre Zweifel. »Wo war denn Hilkas Ehemann?«

»Der war wohl bei irgendeiner Vernissage in Hamburg. Jedenfalls schien dieser eloquente Charmeur ihr glauben gemacht zu haben, dass es sich ihr Mann ganz sicher zum Beispiel mit einer

Künstlerkollegin in einer Hotelsuite ebenfalls sehr gut gehen lassen würde.«

»Hatte die Frau denn keine Angst, dass ihr Mann das irgendwie herausbekommen könnte? Und wo kam die Frau denn her?«, hakte nun auch Bert noch einmal nach. Er dachte natürlich gleich an einen rachsüchtigen gehörnten Ehemann, ähnlich dem im Krankenhaus liegenden Vermieter.

»Sie kam aus Wittmund und war auch ein Fan der Band. Deswegen war sie auch nicht mit ihrem Mann nach Hamburg gefahren und hatte für die Nacht einen Stellplatz im östlichen Teil des Campingplatzes gemietet, damit sie nicht mehr fahren musste und was trinken konnte.«

»Weißt du, wie Hilka mit Nachnamen heißt?«, wollte Nina wissen.

»Nein, wie sie mit Nachnamen heißt, weiß ich nicht. Ich bin dann kurz nach Mitternacht mit dem Taxi nach Hause gefahren. Behrend war bei meiner Schwester untergebracht, sonst hätte ich den Abend gar nicht im Dattein verbringen können. Aber jetzt weiß ich immer noch nicht, ob der Tote dieser Benny ist. Vielleicht ist ihm ja ein eifersüchtiger Ehemann auf die Schliche gekommen. Würde mich bei dem überhaupt nicht wundern.«

»Ich glaube, Afke, wir können es dir ruhig sagen«, erwiderte Nina. »Du wirst als Mutter eines Polizistensohnes sicher nicht damit hausieren gehen. Ja, der Tote ist der Saisonkellner Benny aus dem Dattein. Mehr können wir dir aber dazu nicht sagen.«

Inzwischen war der Snirtjebraten mit den Beilagen bei den Gästen hervorragend angekommen. Zum Abschluss gab es noch eine historische Besonderheit, eine ostfriesische Knüppeltorte, die ebenfalls großen Anklang fand. Yvonne sagte dazu, dass sie sich dieses Rezept auf Empfehlung der ostfriesischen Facebook-Gruppe ›Leckerst un Best van stolt Oostfreesen‹ besorgt hätten.

Nach dem Essen verabschiedeten sich Afke und die Eheleute Guben. Die Großeltern waren bei Afke im Haus untergebracht und wollten noch eine Woche bei ihrem kleinen Enkel bleiben, bevor sie nach Gelsenkirchen im Ruhrgebiet zurückkehrten. Jetzt wollten sie aber den Kleinen bei Afkes Schwester abholen, damit der zu Hause in seinem Bettchen schlafen konnte.

Nachdem die Gäste gegangen waren, riefen sich die Ermittler die seinerzeitigen Ereignisse um Bernd Gubens Tod nochmal genauer ins Gedächtnis. Darüber zu sprechen, half letztlich auch, einen Dienst unter Einsatz von Leib und Leben ertragbar zu machen, darüber waren sich alle Anwesenden einig, als sie den Abend ausklingen ließen.

Heute machten sich alle etwas früher und sehr still auf den Heimweg. Morgen würde sie wieder der Alltag mit den Ermittlungen des aktuellen Falles einholen, und für die sonst übliche Ausgelassenheit bei ihren Treffen im Stammlokal war das heute kein passender Anlass gewesen.

7. Kapitel

In der Nacht war ein erstes Frühjahrsgewitter übers Land gezogen. Eigentlich hatten Nina und Bert geplant, mit den Fahrrädern von ihrem Winkelbungalow in Carolinensiel zur Dienststelle nach Wittmund zu fahren. Das machten sie öfter, wenn der Dienst und das Wetter es zuließen. Da beide sportlich fit waren, brauchten sie dafür auf dem Radweg neben der B 461 nur etwas mehr als eine halbe Stunde. Da aber auch den Tag über immer wieder Schauer angekündigt waren, zogen sie es vor, doch das Auto zu nehmen.

Bert hatte heute Morgen für acht Uhr ein Meeting im Besprechungsraum angekündigt. Dabei wollte er sein Team auf den aktuellen Stand bringen. Sören hatte ihm bei der Verabschiedung gestern Abend noch gesagt, dass bis zu diesem Morgen bereits erste forensische Ergebnisse vorliegen würden.

Pünktlich um acht saß Berts Team im Besprechungsraum an den Tischen. Auch der Leiter der Forensik war bereits anwesend. Als alle mit einem Pott Kaffee, Tee oder Glas Wasser versorgt waren, stand Bert an seinem Flipchart. Die Blätter von den Meetings wurden danach immer an die lange Wand des Besprechungsraumes gepinnt, damit er und sein Team alle Ergebnisse im Überblick hatten.

Der Soko-Leiter notierte zunächst in Stichworten die Erkenntnisse, die bereits gesichert über den Toten vorlagen. Dazu gab er folgende Erläuterungen aus dem Bericht der Rechtsmedizin: »Benjamin Hölter starb an einem Durchschuss von hinten unmittelbar unterhalb des linken unteren Rippenbogens. Dabei war auch die Milz verletzt worden, sodass Hölter innerlich verblutete. Todeszeitpunkt lag zwischen sechs Uhr dreißig und sieben Uhr dreißig, was sich auch mit unseren vorliegenden Zeugenaussagen deckt. Wahrscheinlich hat Hölter noch gelebt, als er im Strandkorb abgelegt wurde, bis er dann an seinem inneren Blutverlust verstorben ist. Denn so wie es im Bericht steht, war die Milz durch das Geschoss nur gestreift worden.«

»Er hatte doch Blut an seiner rechten Faust«, meldete sich Nina zu Wort. »Dr. Rabe vermutete ja schon nach seiner Erstuntersuchung, dass dieses Blut nicht vom Toten stammt. Haben wir dazu schon Erkenntnisse?«

»Dazu steht im Bericht, dass es sich eindeutig nicht um das Blut des Opfers handelt. Es handelt sich um eine männliche DNA. Die Auswertung wurde zu Vergleichszwecken von der Rechtsmedizin an unsere Forensik geschickt.«

»Stimmt«, bestätigte Sören. »Dazu komme ich gleich in meinem Vortrag.«

»Aus Hautpartikeln an der Verletzung von Hölters Ohr konnte ebenso eine fremde DNA gesichert werden. Diese stimmt mit der DNA aus dem Blut an Hölters Faust überein. Die Rechtsmedizin sieht daher die Vermutung bestätigt, dass der Tote kurz zuvor eine körperliche Auseinandersetzung mit einem anderen Mann gehabt hat, der ihn dabei offensichtlich am Ohr verletzte.«

Anschließend fasste Bert nochmal kurz die Fakten zusammen, die sich aus den Ermittlungen im Zusammenhang mit dem Vermieter und dessen Frau sowie dem ehemaligen Komplizen des Ermordeten, Felix Schulte, ergeben hatten.

Da keine weiteren Fragen mehr gestellt wurden, übernahm der Leiter der Forensik das Wort: »Unsere bisherigen Erkenntnisse zu dem Toten selbst bestätigen ebenfalls unsere ersten Vermutungen vor Ort: Er fiel, nachdem er von hinten im Rücken getroffen wurde, nach vorne auf seine Körpervorderseite und sein Gesicht. Übrigens: Wenn dieser Sturz auf Beton oder Steinplatten und nicht auf Sand erfolgt wäre, hätte das zumindest im Gesicht deutliche Spuren hinterlassen. Dann wurde er wahrscheinlich auf den Rücken gedreht und mit einem Bergegriff rückwärts zu dem Strandkorb geschleift, in dem er auch aufgefunden wurde. Dabei hinterließ der Tote mit seinen Hacken tiefe Rillen im Sand. Die Trittspuren des Täters deuten auf Schuhgröße fünfundvierzig oder etwas größer hin. Profilabdrücke konnten im Sand nicht sichergestellt werden.«

»Waren die Schleifspuren im Sand von den nackten Fersen oder den Absätzen der Schuhe des Opfers?«, wollte Rita wissen, die den Toten vor Ort nicht so genau gesehen hatte.

»Rita, du fragst aus Erfahrung, da in solchen Fällen oft die Schuhe verloren gehen, wie wir es auch im ›Peldemühlenmord‹

schon hatten. Hier stammten die Spuren im Sand aber tatsächlich von den Absätzen der Laufschuhe, die offensichtlich sehr festgeschnürt waren und somit beim Schleifen nicht abgestreift wurden«, antwortete der Forensiker. Dann fuhr er fort: »Ein Projektil aus dem Bauchdurchschuss konnten meine Leute leider nicht sicherstellen, ebenso keine Patronenhülse. Wie Dr. Rabe schon bei der Erstuntersuchung am Tatort festgestellt hat, führte der Tote weder Ausweispapiere noch Handy bei sich. Wobei wir davon ausgehen, dass der Täter das Handy mitgenommen hat. Jedenfalls lag es auch nicht im Wohnwagen der Köchin, wo wir den Ausweis sicherstellen konnten.«

»Die Köchin hatte doch bestimmt seine Handynummer«, hakte der IT-Freak Oke nach. »Habt ihr das schon geortet? Dann wüssten wir ja, wo wir den Täter zu suchen haben.«

»Oke, deine Frage ist durchaus berechtigt. Wir haben die Handynummer. Allerdings ist das Handy abgeschaltet und nicht ortbar. Andernfalls hätten wir euch die Info sofort per Messenger geschickt und ihr wärt längst im Einsatz.«

»Und wie sieht es bei dem Vermieter aus?«, hakte Nina ein.

»Zu dem komme ich jetzt. Wir haben uns gestern gegen Mittag nach der Einlieferung des Vermieters ins Krankenhaus von dort eine Blutprobe für die DNA-Bestimmung und seine Fingerabdrücke besorgt. Der Staatsanwalt hat nach den euch vorliegenden Zeugenaussagen dafür sofort die richterliche Freigabe eingeholt. Dann haben meine Leute noch in der vergangenen Nacht einen Vergleich mit der DNA aus der Rechtsmedizin vorgenommen. Und was soll ich sagen? Wie angenommen, ein Treffer. Das heißt, unmittelbar vor Hölters Erschießung hat eine körperliche Auseinandersetzung zwischen ihm und Bartels stattgefunden.«

»Wahrscheinlich hat der Vermieter Hölter auf dessen Laufstrecke aufgelauert, aber nicht damit gerechnet, dass er sich da mit einem wettkampferprobten Kickboxer einlässt«, stellte Bert grinsend fest.

»Das sehen wir genauso«, bestätigte Sören. »Jedenfalls steht fest, dass die Verletzung am Ohr des Ermordeten vom Vermieter stammt. Das ergab sich aus Hautpartikeln mit dessen DNA.

Vermutlich hat er versucht, Hölter mit einem Faustschlag nieder-
zustrecken.«

»Der Vermieter ist ja auch ein ganz schöner Kleiderschrank, und
es wäre schon denkbar, dass der sich da etwas überschätzt hat«,
warf Nina ein und konnte sich dabei auch ein Schmunzeln nicht
verkneifen.

»Davon kann man wohl ausgehen«, stimmte der Forensiker seiner Kollegin zu. »Denn so wie es aussieht, ist Hölter dank seiner
Kampferfahrung diesem Schlag ausgewichen und hat seinen Angreifer dann mit einem Schlag mitten auf die zwölf das Nasenbein
gebrochen. Könnte mir vorstellen, dass das den Vermieter für
Sekunden ausgeknockt und zu Boden gebracht hat. Denn wie wir
im Krankenhaus erfahren haben, spricht eine Beule hinten am
Kopf des Vermieters dafür, dass die Gehirnerschütterung von
einem heftigen Tritt gegen den Kopf des wahrscheinlich am
Boden Liegenden stammt. Das würde aber nicht gerade zu einem
klassischen Sturz mit dem Fahrrad passen, auch wenn der Betref-
fende beim Sturz keinen Helm getragen hat. Es stimmt also aller
Wahrscheinlichkeit nach nicht, was der Vermieter seiner Frau und
seinem Arzt erzählt hat. Da wären Verletzungen im Gesicht oder
vielleicht noch an einer Kopfseite wesentlich wahrscheinlicher.«

»Habt ihr denn mal die Bewegungsdaten seines Handys ausgele-
sen?«, fragte Oke.

»So weit sind wir noch nicht. Was ich jetzt vorgetragen habe,
sind die belastenden Erkenntnisse aus dem DNA-Abgleich von
heute Nacht. Diese liegen inzwischen auch dem Staatsanwalt vor,
sodass ihr sicher heute noch einen Haftbefehl und wir einen
Durchsuchungsbeschluss bekommen. Dann werden wir auch sein
Handy sicherstellen und ein Bewegungsprofil sowie einen
Verbindungsnachweis vom Provider anfordern.«

»Okay«, übernahm der Soko-Leiter das Wort. »Fassen wir mal
für meine Dokumentation zusammen, was wir haben: Der Vermieter und unser Mordopfer trafen unmittelbar vor dessen Tod
zusammen. Den genauen Ort können wir im Moment noch nicht
bestimmen. Wir können aber sicher davon ausgehen, dass dies in
der Nähe des Strandes war. Fakt ist zudem, dass der Vermieter
trotz einer kurzfristigen Besinnungslosigkeit danach noch mit

dem Fahrrad nach Hause gefahren ist. Das heißt, er wäre also sehr wahrscheinlich in der Lage gewesen, den tödlichen Schuss auf seinen Kontrahenten abzugeben und diesen dann zu dem Strandkorb zu schleppen. Dann stellt sich an dieser Stelle die Frage nach der Tatwaffe. Sind die Taucher bei der Helling fündig geworden?«

»Es war ziemlich aufwendig, weil das Hafenwasser keine gute Sichtweite zulässt. Die beiden Taucher haben daher mit Magneten gearbeitet. Da sie dabei auch in unmittelbarer Nähe der Schienen arbeiten mussten, mit denen die Kutter aus dem Wasser gezogen und repariert werden, könnt ihr euch vorstellen, dass da auch das eine oder andere Werkzeug und Ersatzteil wieder zum Vorschein kam. Aber wir hatten Glück, unsere Taucher fischten mit den Magneten auch eine Kleinkaliberpistole mit Schalldämpfer aus dem Hafenwasser. Um gleich euren Fragen vorzubeugen, Fingerabdrücke: Fehlanzeige.«

»Kann man eine solche Waffe auch in einer Bikerkleidung verstecken, die der Vermieter getragen haben soll?«, wollte Rita wissen.

»Wie du als Polizistin sicher weißt, ist eine Pistole mit Kaliber 22 um einiges kleiner als unsere Standardwaffen der Polizei«, klärte der Forensiker die Kollegin auf. »Die von uns sichergestellte Waffe ist gerade mal etwa fünfzehn Zentimeter lang und wiegt nur etwas mehr als ein halbes Pfund. Wir können davon ausgehen, dass es kaum auffällt, wenn ein Biker diese hinten unter der Jacke im Hosenbund stecken hat und den Schalldämpfer in der Hosentasche mitführt. Übrigens: Da wir auch keine Patronenhülse am Tatort gefunden haben, gehen wir davon aus, dass der Täter diese eingesammelt und mitgenommen hat.«

»Wenn wir dann noch nachweisen, dass der Vermieter im Besitz einer solchen Waffe gewesen ist, hätten wir in jedem Fall einen Hauptverdächtigen«, stellte Bert fest.

»Damit wäre aber auch unser zweiter Verdächtiger, Felix Schulte, entlastet«, fügte Nina hinzu. »Klar ist auch, warum der keinen Schuss gehört hat. Denn es ist bekannt, dass gerade bei der Verwendung von kleinkalibrigen Waffen mit Schalldämpfer kaum ein Schuss zu hören ist. Beim Strand dürfte dieses Geräusch allein durch Wind und Wellen untergegangen sein.«

»Es könnte Schulte durchaus entlasten und würde auch zu seinen Aussagen passen«, merkte Bert an. »Aber wir können deshalb noch nicht automatisch ausschließen, dass er doch der Todesschütze ist. Er könnte die Waffe auch selbst bei der Helling entsorgt haben.«

»Bei ihm haben wir DNA und Fingerabdrücke durch seine Vorstrafen ja bereits gecheckt. Bislang sind die aber noch nicht im Zusammenhang mit dem Erschossenen in Erscheinung getreten«, sagte Sören. »Verdächtig macht ihn aber natürlich die Abhöraktion, die er bereits eingestanden hat. Unabhängig davon haben wir beim Auto des Ermordeten einen GPS-Tracker eingesetzt, der auch dem Empfängersignal folgen kann. Ihr werdet es nicht glauben, Hölters Auto hatte einen GPS-gesteuerten hochsensiblen Minisender unter dem linken Kotflügel. Das war technisch ein ganz anderes Kaliber als Schultes Abhörgerät mit geringer Reichweite, weil da das Signal mit dem Internet übertragen wird. Das heißt, die Abhörung kann von überall erfolgen.«

»Willst du damit sagen, dass Schulte uns diesbezüglich die Unwahrheit gesagt hat?«, wollte Nina wissen. »Denn er sagte doch, dass er ursprünglich nur vorhatte, seinen Minisender an Hölters Auto anzubringen.«

»Auf Schultes Notebook war nur die von ihm eingestandene App zum Abhören über den von uns sichergestellten Minisender. Das, was wir da gefunden haben, ist hingegen Hightech vom Feinsten und inklusive der Empfangstechnologie sicher nicht gerade billig. Da müsste Schulte über einiges Geld verfügen. Jedenfalls mehr als das, was ein Kellner nach achteinhalb Jahren Knast in so kurzer Zeit zusammensparen kann«, erwiderte der Forensiker.

»Haben wir damit noch einen weiteren Verdächtigen oder können wir das eventuell unserem Vermieter zurechnen?«, wollte Bert wissen.

»Das wird sich zeigen, wenn wir den Durchsuchungsbeschluss für dessen Haus haben«, antwortete Sören. »Aber ich bin noch nicht fertig. Gerade weil wir im Auto des Toten sogar Hightech gefunden haben, haben sich meine Leute, als wir gestern in der Kirche waren, nochmal den Wohnwagen der Köchin mit einem GPS-System-Tracker vorgenommen. Dazu dann auch gleich noch den Pkw der Köchin. Und jetzt kommt's: Sie sind auch da fündig geworden. Im Pkw hing der gleiche Minisender wie bei Hölter. Aber im Wohnwagen waren sogar Wanzen im Schlafteil, dem kleinen Bad und im Wohnteil absolut professionell installiert. Bei unserer ersten Spurensuche in dem Camper haben wir natürlich nach sowas nicht gesucht und uns im Wesentlichen auf Spuren konzentriert, die im Zusammenhang mit dem Ermordeten standen. Wobei die Köchin selbst ja nicht im Verdacht stand. Übrigens: Der Sender war gut getarnt verbaut und zog seine Energie aus der Batterie des Wohnwagens. Es wird euch nicht wundern, dass auch hier der Empfänger nicht geortet werden konnte, weil dieser wahrscheinlich abgeschaltet oder gerade nicht auf Empfang war.«

»Und was sagte die Köchin Anne Bergmann dazu?«, fragte Nina.

»Dazu haben meine Leute sie befragt und die Befragung aufgezeichnet. Hört es euch selbst an.«

»Frau Bergmann, Sie wurden nicht nur in Ihrem Campingwagen von einer Hightech-Abhöranlage überwacht, sondern auch in Ihrem Pkw. Haben Sie eine Idee, wer daran ein Interesse haben könnte?«, wollte die IT-Spezialistin der Spurensicherung wissen.

»Ich hatte schon seit dem letzten Jahr den Verdacht, dass mein Mann, Julian Bergmann, von dem ich mich kurz nach Ostern getrennt habe, mich stalkt. Er war über Dinge informiert, die er eigentlich normalerweise gar nicht hätte wissen können. Aber er hatte immer plausible Erklärungen. Naja, mich überrascht das jetzt nicht wirklich, denn er ist in einer Sicherheitsfirma als Sicherheitskurier beschäftigt. Da hätte ich schon selbst draufkommen können. Aber dass er meinen Camper sogar regelrecht verwanzt hat, damit hätte ich nicht gerechnet.«

»Seit wann steht der Campingwagen denn hier auf dem Platz?«, wollte die Beamtin wissen.

»Da der Campingplatz Neuharlingersiel hinter dem Deich als Ganzjahresplatz ausgelegt ist, steht mein Camper hier schon seit über zwei Jahren. Den habe ich mit meinem Mann für Kurzurlaube am Strand genutzt. Bensersiel, wo wir den Wagen vorher stehen hatten, hat zwar auch einen sehr guten Campingplatz, aber der liegt direkt am Strand vor dem Deich und muss nach Saisonende jedes Jahr geräumt werden. Außer für die Kurzurlaube habe ich den Camper hin und wieder auch alleine genutzt, wenn es mal wieder zwischen meinem Mann und mir Zoff gegeben hatte.«

»Hatte Ihr Mann denn einen Schlüssel und die Möglichkeit, die Abhöranlage heimlich hier im Wagen zu installieren?«, hakte der andere Spurensicherer ein.

»Der Zweitschlüssel hing bei uns zu Hause im Schlüsselkasten, und wenn ich im Dattein war, konnte er ziemlich sicher sein, dass ich für gut acht Stunden dort in der Küche voll eingespannt war.«

»Ihr Mann ist in einer Sicherheitsfirma im Kurierdienst eingesetzt, wie Sie sagen«, übernahm die IT-Spezialistin wieder das Wort. Sie hatte bei den Asservaten die Mordwaffe mit dem Schalldämpfer gesehen. »Wissen Sie, was die Sicherheitskuriere für eine Bewaffnung haben?«

»Die haben alle sehr kleine Pistolen mit Kaliber zweiundzwanzig. Schon der Vorgänger von seinem jetzigen Chef war der Meinung gewesen, das würde zur reinen Selbstverteidigung im Nahbereich völlig ausreichen.«

»Kennen Sie auch die Marke? Sie haben die Waffe doch sicher schon mal bei Ihrem Mann gesehen«, bohrte die Beamtin weiter.

Als Anne die Herstellermarke nannte, warf die Polizistin ihrem Kollegen einen bezeichnenden Blick zu. Es war die gleiche Marke wie bei der Mordwaffe. Deshalb setzte die Beamtin auch gleich ihre Befragung fort: »Ist Ihr Mann zufällig auch oft im Bikerdress mit einem Fahrrad unterwegs?«

»Ja, er hat sogar mehrere Bikes und ist auch in einem Fahrradclub mit seinem Rennrad unterwegs. Dabei trägt er immer seine Bikerklamotten.«

»Vielen Dank für Ihre Auskünfte. Dann brauchen wir noch die Handynummer Ihres Mannes«, bat die Polizistin. Nachdem sie diese erhalten hatte, endete die Befragung.

»Ich glaube, da habt ihr heute Morgen noch ein paar Aufgaben zu erledigen. Unsere Ergebnisse habt ihr inzwischen in eurem Messenger«, schloss der Leiter der Forensik seinen Vortrag. »Diese Informationen liegen auch bereits dem Staatsanwalt vor.«

»Das stellt ja einiges in unseren bisherigen Ermittlungen auf den Kopf!«, sagte der Soko-Leiter. »Erst einmal ein herzliches Dankeschön an deine Leute, die an der Aktion beteiligt waren! Sie haben nicht nur umsichtig und vorausschauend gehandelt, sondern mit der Befragung der Köchin eigentlich sogar unseren Job gemacht!«

»Das werde ich gerne weitergeben, vielen Dank, Bert! Die wussten, warum wir in der Kirche waren. Der Tod eines Kollegen bleibt nachhaltig im Gedächtnis. Wenn keine Fragen mehr sind, würde ich wieder zu meinen Leuten gehen.«

»Danke, Sören. Wir haben jetzt wirklich einiges zu tun«, erwiderte der Soko-Leiter.

Nachdem der Angesprochene gegangen war, fuhr Bert an sein Team gewandt fort: »Besser drei Verdächtige als gar keinen. Aber einfacher wird die Aufklärung damit auch nicht. Als Erstes brauchen wir einen Haftbefehl gegen Kurt Bartels, den Vermieter, und einen Durchsuchungsbeschluss für sein Haus. Denn der ist für mich aus der Nummer noch lange nicht raus. Er hat nach seiner Auseinandersetzung mit dem Opfer sogar ein doppeltes Motiv, einmal der Seitensprung seiner Frau und dann noch seine eigenen Verletzungen. Hinzu kommt, dass der DNA-Abgleich positiv war und er sich zum Tatzeitpunkt in Tatortnähe aufgehalten hat. Zudem trug er einen Bikerdress und seine Körpergröße passt zu Schultes Zeugenaussage. Ob er haftfähig ist, muss ärztlicherseits entschieden werden. Und ob er im Besitz der Tatwaffe gewesen ist, muss die Durchsuchung ergeben. Hierbei denke ich insbesondere daran, ob zum Beispiel passende Munition oder Gerätschaften dafürsprechen würden.«

»Ich werde gleich beim Staatsanwalt die entsprechenden richterlichen Beschlüsse beantragen«, sagte Nina. »Auch für die Einholung eines Bewegungsprofils und Verbindungsnachweises für sein Handy. In Bezug auf den Ehemann der Köchin, Julian

Bergmann, sollten wir noch ein paar Fragen klären und dann gegebenenfalls die gleichen gerichtlichen Genehmigungen einholen.«

»Das ist gut«, sagte Bert. »Rita und Oke, ihr fahrt bitte zum Dattein. Da müsste eigentlich gleich die Köchin mit den Vorbereitungen in der Küche anfangen. Wenn sie gestern am späten Nachmittag schon an ihrem Wohnwagen gewesen ist, können wir sicher davon ausgehen, dass sie diese Woche Frühschicht hat. Dann befragt ihr sie offiziell als Zeugin zur Körper- und Schuhgröße ihres Mannes und lasst euch wenn möglich ein paar Bilder von ihm geben. Es wäre gut, wenn Bilder dabei wären, die ihn im Bikerdress zeigen. Damit könntet ihr dann gleich bei Schulte auf dem Campingplatz nachfragen, ob das der Mann gewesen sein könnte, den er am Strand gesehen hat.«

»Wenn ich gleich die Aufzeichnungen des Flipcharts an die Wand gepinnt habe, kann ich ja schon mal die Abfrage an den Handy-Provider vorbereiten«, bot Silke an.

»Gute Idee!«, lobte ihr Chef und beendete das Meeting.

***

Kurz darauf waren Rita und Oke im Einsatzbus unterwegs nach Neuharlingersiel. Sie hatten vorher schon mit der Köchin über Handy Kontakt aufgenommen und wurden von ihr bereits im Dattein erwartet. Die Ergebnisse der Spurensicherung von gestern hatten Anne ziemlich aufgewühlt, und sie schien sich sogar irgendwie darüber zu freuen, nochmal die Gelegenheit zu einer offiziellen Aussage zu erhalten.

Als die Kommissare beim Dattein ankamen, war auch Annes Chefin gerade da, die inzwischen von dem geplanten Zeugengespräch ihrer Köchin wusste und für diese die entsprechenden Arbeiten in der Küche übernahm. Daher konnten sich die Beamten in aller Ruhe mit Anne im Nebenraum der Gaststätte zum Gespräch zusammensetzen.

Nachdem Rita die üblichen Belehrungen bei einer Zeugenvernehmung durchgeführt und die Erlaubnis zum Aufzeichnen des Gesprächs eingeholt hatte, sagte sie: »Frau Bergmann, Sie sprachen am Handy davon, dass Sie am liebsten heute Morgen zu weiteren Aussagen ins Kommissariat gekommen wären. Was bedrückt Sie, was Sie unbedingt loswerden möchten?«

»Dass mein Mann mich wahrscheinlich schon länger mit Wanzen überwacht hat, ist für mich ein Schock und für ihn aber auch ein Motiv. Zudem weiß er dann auch, wo Bennys Laufstrecke verläuft, denn darüber haben wir mal gesprochen. Aber dann wird er auch wissen, wann und wie oft ich hier in meinem Camper Sex mit Benny hatte. Und ich will auch nicht verschweigen: Das hat mir wesentlich mehr Spaß gemacht als mit meinem Mann. Ich bin sicher, dass ihn das am meisten geärgert hat. Jetzt weiß ich auch, warum manche Auseinandersetzung zwischen ihm und mir so eskaliert ist. Insbesondere, wenn er was getrunken hatte. Dann hat er mir auch körperlich wehgetan und mich manches Mal gegen meinen Willen zum Beischlaf gezwungen.«

»Hat er Sie dabei auch verletzt?«, wollte Rita wissen.

»Wenn er mir wehtun wollte, achtete er dabei immer darauf, dass es keine blauen Flecken oder Verletzungen gab, die äußerlich zu sehen waren. Aber im Magen und Bauchbereich und den Genitalien hat er mir manchmal sehr wehgetan. Das passierte zwar nicht sehr oft, aber seit letztem Jahr immer wieder mal. In der letzten Nacht habe ich viel darüber nachgedacht und bin darauf gekommen, dass das immer dann passierte, wenn ich mit Benny mal wieder richtig guten Sex gehabt hatte. Eigentlich hätte ich den Zusammenhang schon viel früher erkennen müssen.«

»Haben Sie Ihrem Mann denn nicht gedroht, ihn anzuzeigen? Ein Gynäkologe hätte Verletzungen doch erkennen und bestätigen können.«

»Darüber möchte ich nicht sprechen.«

Rita schaltete die Aufzeichnung aus. Dann fragte sie: »Frau Bergmann. Gibt es etwas, mit dem Ihr Mann Sie erpresst?«

»Ja, da gibt es etwas, was, kurz bevor ich meinen Mann kennenlernte, passiert ist und von dem er weiß. Aber darüber möchte ich jetzt hier nicht reden.«

»Frau Bergmann, die Aufzeichnung unseres Gesprächs habe ich gestoppt«, sagte Rita. »Also wenn Ihr Mann Sie nicht wegen eines

100

Mordes oder Verbrechen gegen das Völkerrecht erpresst, dann gibt es Verjährungsfristen. Wie lange sind Sie verheiratet?«

»Über zehn Jahre.«

»Sowas habe ich mir schon fast gedacht. Dann können wir die Aufzeichnung wieder starten und Sie können offen darüber reden. Es sei denn, es ginge um Mord.«

»Es ging um eine illegale Abtreibung.«

»Da beträgt die Verjährungsfrist fünf Jahre«, klärte die Polizistin die eingeschüchterte Frau auf. »Ich starte also wieder die Aufnahme, und Sie können offen reden.«

»Davon hatte ich keine Ahnung, wollte darüber aber auch nicht mit meiner Scheidungsanwältin sprechen.«

Die Kommissarin startete wieder die Aufzeichnung und sagte: »Frau Bergmann, ich habe Sie gerade über die Verjährungsfristen von Straftaten im Allgemeinen aufgeklärt. Daher nochmal meine Frage: Warum haben Sie Ihren Mann nicht wegen häuslicher Gewalt angezeigt?«

»Er hat mich damit erpresst, dass ich mal eine illegale Abtreibung im vierten Monat vorgenommen hatte. Der Vater des Kindes war ein Krimineller, wie ich mitbekommen hatte. Daher habe ich die Beziehung zu ihm beendet und das Kind auch noch nach der vorgeschriebenen Frist abgetrieben.«

»Das kann man nachvollziehen«, sagte Rita mitfühlend. »Aber erstens war die Sache schon lange verjährt, und zweitens: Wie hätte Ihr Mann die damalige Abtreibung beweisen wollen?«

»Ich sagte ja, der Vater des Kindes war ein Krimineller. Die illegale Abtreibung machte eine zur Hebamme ausgebildete Frau, die auch in der Szene zur Abtreibung bei Prostituierten herangezogen wurde. Die sollte bei meiner Abtreibung eine andere Frau ausbilden. Und diese hat das Ganze mit Smartphone in einem Video festgehalten.«

»Erklärt aber immer noch nicht, ob und gegebenenfalls wie Ihr Mann an dieses Video gekommen sein soll«, wollte Oke es ganz genau wissen.

»Ob mein damaliger Ex-Freund die Frau beauftragt hatte, das zu filmen, oder sie zur Herausgabe gezwungen hat, weiß ich nicht. Jedenfalls wollte er mich damit erpressen, bei ihm zu bleiben. Ich habe das Video meinem Mann gezeigt, und der hat es auf sein Notebook überspielt. Dann hat er sich mit meinem Ex getroffen. Was da passiert ist, darüber hat er nie gesprochen. Jedenfalls habe ich nichts mehr vom Vater meines ungeborenen Kindes gehört.«

»Wäre es vielleicht denkbar, dass Ihr Mann Ihren Ex-Freund ermordet hat?«, hatte Oke einen Geistesblitz, gerade auch im Hinblick auf den aktuellen Mordfall.

»Das weiß ich nicht. Aber aus heutiger Sicht muss ich sagen: Zutrauen würde ich es ihm. Zumal er schon damals im Sicherheitsdienst tätig war und daher auch ganz legal über Waffen verfügte. Wenn ich zurückblicke, scheine ich irgendwie kriminelle Männer anzuziehen. Der Vater meines abgetriebenen Kindes war ein Typ aus dem Rotlichtmilieu, was ich viel zu spät erkannt habe. Mein Noch-Ehemann hat mich gestalkt, gequält und gegen meinen Willen zum Sex gezwungen. Fehlt nur noch, dass Benny auch kriminell war. Mit der Treue schien er es jedenfalls nicht so genau zu nehmen, was mir bei ihm aber relativ egal war.«

Die beiden Kommissare wechselten wissende Blicke, und Oke hakte noch einmal nach: »Sie sagten, nach dem Treffen zwischen Ihrem damaligen Ex-Freund und Ihrem Noch-Ehemann haben Sie nichts mehr vom Vater Ihres abgetriebenen Kindes gehört. Dass Sie es abgetrieben haben, damit war er ja offensichtlich gar nicht einverstanden gewesen. Hat Sie das verwundert oder hatten Sie nichts anderes erwartet?«

Anne überlegte einen Augenblick, dann antwortete sie: »Ich glaube, dass Nico mich wirklich geliebt und tatsächlich vorgehabt hat, mit mir zusammen unser Kind aufzuziehen. Obwohl er, wie ich herausbekommen hatte, unter anderem Zuhälter und Drogendealer war, hat er mich nie schlecht behandelt und weder selbst Drogen genommen noch mir welche angeboten. Aber ich wollte mit einem solchen Kriminellen nichts zu tun haben. Allein die Vorstellung, dass ich unserem Kind irgendwann mal erklären müsste, dass sein Papa ein Verbrecher ist, und dann vielleicht mit dem Kleinen den Papa im Knast besuchen müsste, war für mich unerträglich. Deshalb hatte ich mich, wenn auch sehr schweren Herzens, zu der Abtreibung entschlossen.«

»Wie hieß Ihr Freund von damals denn und wo hat er gewohnt?«, wollte der Kommissar es ganz genau wissen.

»Nico Kühne, und gewohnt hat er damals in Emden.«

Dann mischte sich Rita, die zum Schluss kommen wollte, in das Gespräch ein, ohne weiter auf das Gesagte einzugehen: »Frau Bergmann, hätten Sie vielleicht Bilder Ihres Mannes, die ihn mit Fahrrad und Bikerkleidung zeigen?«

»Davon habe ich jede Menge. Mein Mann legte Wert darauf, dass ich ihn bei seiner sportlichen Aktivität fotografierte und filmte. Insbesondere wenn er als einer der Ersten das Ziel erreichte.« Anne holte ihr Smartphone aus der Tasche der Küchenschürze und zeigte Rita Aufnahmen aus ihrer Bildergalerie.

Die Kommissarin wusste, worauf es bei den Bildern ankam. Neben Nahaufnahmen interessierten sie Aufnahmen, die Julian Bergmann in Bikerdress auch auf weitere Distanz zeigten. Sie ließ sich von der Köchin die Auswahl auf ihr Handy schicken. Dass der Mann ziemlich muskulös, aber nicht dick war, konnte man den Bildern entnehmen. Dann fragte sie noch nach Körper- und Schuhgröße sowie nach Julian Bergmanns Wohnadresse und dem Sitz der Sicherheitsfirma.

»Etwa eins achtzig und Schuhgröße fünfundvierzig«, antwortete Anne und gab der Kommissarin aus ihrem Portemonnaie eine Visitenkarte ihres Mannes, die die gewünschten Adressdaten enthielt.

Nach einem Blick auf die Karte sagte die Kommissarin: »Ihr Mann wohnt in Esens, wo Sie bis zu Ihrem Auszug auch gewohnt haben. Und die Sicherheitsfirma, in der er tätig ist, befindet sich in Aurich, richtig?«

»Das stimmt. Mein Mann stammt gebürtig aus Esens. Es ist das Haus der Eltern seiner Mutter. Sein Vater stammte nicht aus Ostfriesland, daher auch der Name Bergmann. Er hat es nach der Übernahme aufwendig saniert. Übrigens, ich habe immer noch einen Schlüssel von dem Haus in meiner Handtasche. Den hätte ich eigentlich bei Gelegenheit beim Kommissariat in Wittmund abgeben wollen. Vielleicht kann ich Ihnen den auch mitgeben. Seit heute Nacht, und seitdem ich weiß, wie er mich gestalkt hat, habe ich nämlich sogar den Verdacht, dass er Benny ermordet haben könnte. Mein Mann ist inzwischen Leiter der Sicherheitskuriere in der Sicherheitsfirma, die auch Hightech verkauft. Entsprechend ist auch die Firma in Aurich mit modernsten Sicherheitsmaßnahmen abgesichert, schon aus Werbezwecken. Aber zu Hause war er irgendwie immer noch oldschool mit dem alten Hausschlüssel. Allerdings gibt es eine Alarmanlage mit einer Sicherheits-PIN. Die kann ich Ihnen auch geben. Ich weiß ja nicht, ob Sie in seiner Abwesenheit da rein müssten oder dürften. Jedenfalls, wenn Sie Glück haben, hat er die PIN seit meinem Auszug nicht geändert.«

»Vielen Dank, Frau Bergmann, für Ihre offenen Aussagen!«, erwiderte die Kommissarin. »Den Schlüssel und die PIN können Sie uns mitgeben. Wir sorgen dann dafür, dass Ihr Mann den Schlüssel zurückbekommt. Wir werden in jedem Fall mit ihm sprechen müssen.«

Nachdem Anne den Schlüssel und die PIN aus ihrer Handtasche geholt und Rita übergeben hatte, bedankte sich diese und beendete die Befragung.

Anschließend fuhren die beiden Beamten zu Schultes Standplatz neben dem Sanitärhaus Diekhus auf dem Campingplatz in Neuharlingersiel. Als sie dort ankamen, saßen er und seine Freundin vor dem Camper und hatten gerade ihr Frühstück beendet.

»Moin, wir hätten noch ein paar Fragen, Herr Schulte«, sagte Rita mit einem freundlichen Lächeln.

»Warten Sie, ich hole Ihnen zwei Klappstühle«, sagte der Angesprochene und sprang auf. »Einen Kaffee hätten wir auch noch für Sie.«

»Vielen Dank! Wir brauchen nicht lange. Ich wollte Ihnen nur ein paar Bilder zeigen«, erwiderte die Kommissarin. Dann zeigte sie ihm die Bilder von Julian Bergmann mit der Frage: »Herr Schulte, könnte das der Mann gewesen sein, den Sie am Strand beobachtet haben und der bei der Helling etwas in das Hafenwasser geworfen hat?«

»Zu den Großaufnahmen muss ich sagen: Den Mann habe ich noch nie gesehen. Aber der Mann auf den entfernten Aufnahmen sieht ähnlich aus wie der, den ich gesehen habe. Auch der Bikerdress sieht auf einigen Fotos so ähnlich aus. Größe und

Haarfarbe passen ebenfalls. Aber auf die Entfernung kann man nicht sicher sagen, ob der es war oder nicht.«

»Okay, danke, Herr Schulte! Das war's dann bereits, und wir sind auch schon wieder weg. Wenn Ihnen noch etwas einfallen sollte, Sie wissen ja, wo Sie uns erreichen«, sagte die Kommissarin und machte sich dann mit ihrem Kollegen auf den Weg zur Dienststelle.

8. Kapitel

Der Haftbefehl gegen den Vermieter Kurt Bartels sowie der Durchsuchungsbeschluss für sein Haus waren eingegangen. Silke hatte daraufhin die Handydaten beim Provider angefordert. Bert wartete noch auf die Rückkehr von Rita und Oke, die sich von unterwegs bereits gemeldet hatten. Die Audiodatei von Annes Zeugenbefragung hatte Rita mit entsprechenden Anmerkungen bereits über den Messenger zur Dienststelle geschickt. Ebenso das Ergebnis des Gesprächs mit dem Zeugen Felix Schulte.

Die Spurensicherung war schon auf dem Weg zu dem Wohn- und Ferienhaus des verdächtigen Vermieters. Bert wollte gleich mit Nina den Haftbefehl vollziehen. Deshalb rief er vorher beim Krankenhaus an. Wie erwartet durfte die Schwester ihm keine Auskunft über den Zustand des Patienten geben. Deshalb holte sie den für die Intensivstation zuständigen Arzt.

Der Arzt und Bert kannten sich schon von anderen Einsätzen. Nachdem sie sich begrüßt hatten, sagte der Arzt: »Herr Linnig, so viel kann ich Ihnen sagen: Kurt Bartels liegt auf unserer Intensivstation im Koma und ist nicht ansprechbar.«

»Herr Doktor, was ist denn passiert? Der ist doch sogar noch nach der Gehirnerschütterung mit dem Fahrrad nach Hause gefahren, und jetzt liegt er auf der Intensivstation im Koma. Wie kann das denn sein?«

»Herr Linnig, Sie wissen doch, dass ich Ihnen aufgrund der ärztlichen Schweigepflicht dazu keine Auskunft geben darf.«

»Das weiß ich natürlich, Herr Doktor. Über sowas sprechen wir beide ja nicht das erste Mal. Aber wir haben einen Haftbefehl gegen Ihren Patienten. Er wird verdächtigt, aus Eifersucht einen Mann am Strand von hinten erschossen zu haben. Das heißt, es geht hier um eine Mordermittlung. Was das bedeutet, wissen Sie.«

»Und dafür haben Sie gesicherte Beweise?«, hatte der Arzt Zweifel.

»Den Haftrichter haben sie zumindest überzeugt. Ihnen als Arzt kann ich es ja sagen. Wir haben einen DNA-Abgleich, der bestätigt, dass Ihr Patient und der Ermordete unmittelbar vor dem

Tötungsereignis eine körperliche Auseinandersetzung hatten. Diese ist wahrscheinlich auch die Ursache für dessen Gehirnerschütterung. Da Ihr Patient offensichtlich danach sogar noch imstande war, mit dem Fahrrad nach Hause zu fahren, könnte er auch noch dem Getöteten bei der Helling in Neuharlingersiel den Deich rauf nachgelaufen sein und diesen mit einer kleinkalibrigen Pistole von hinten erschossen haben. Sie sehen, wir sind mal wieder an dem Punkt, wo wir beide jetzt auf den richterlichen Beschluss warten könnten, der Sie von Ihrer Schweigepflicht entbindet, oder wir nehmen die Abkürzung.«

»Wir kennen uns ja, Herr Linnig. Wir nehmen die Abkürzung und sparen uns den bürokratischen Aufwand. Nach dem, was Sie gerade gesagt haben, wird auch für mich als behandelnder Arzt einiges deutlicher. Fakt ist: Der Patient hat am Hinterkopf ein Hämatom, das von einem Tritt oder Schlag mit einem stumpfen Gegenstand herrühren könnte. Fakt ist auch, wie das MRT zeigt, dass sich im Gehirn ein Blutgerinnsel gebildet hat. Deswegen mussten wir ihn auch in ein künstliches Koma legen. Zu dem Blutgerinnsel hätte es nach der Gehirnerschütterung wahrscheinlich gar nicht kommen müssen, wenn der Patient sofort danach ruhiggestellt worden wäre und ärztliche Behandlung erhalten hätte.«

»Wenn ich das richtig verstehe, hätte Bartels an Ort und Stelle liegen bleiben müssen, bis jemand Notarzt und Rettungssanitäter alarmiert hätte.«

»So kann man es auch sagen. Dass er mit dem Fahrrad danach noch nach Hause gefahren ist, hat wahrscheinlich durch Erschütterungen beim Fahren das Blutgerinnsel ausgelöst. Sollte er tatsächlich sogar noch seinem Kontrahenten im Laufschritt gefolgt sein, kann er von Glück sagen, dass er überhaupt noch lebt und mit dem Fahrrad noch sein Zuhause erreicht hat. Jedenfalls kann ich Ihnen als Arzt sagen, dass sich Ihr Verdächtiger in den nächsten Tagen eigenständig keinen Meter irgendwohin bewegen wird, also absolut keine Fluchtgefahr besteht. Das heißt für Sie, den Weg hierher können Sie sich heute sparen.«

Das sah der Kommissar ganz genauso und beendete daraufhin das Telefonat. Dann sagte er zu Nina, die mitgehört hatte:

»Warten wir also mal ab, was Sören und seine Leute bei der Hausdurchsuchung finden werden.«

Es dauerte nicht lange, bis Rita und Oke sich zurückmeldeten. Da ein Einsatz zur Verhaftung des Vermieters vorerst entfallen war, setzte sich das Team zu einem Gedankenaustausch bei einer Tasse Kaffee am Besprechungstisch in Berts Dienstzimmer zusammen und hörte sich gemeinsam noch einmal die Audioaufzeichnung von Annes Aussagen an.

Als sie an die Stelle kamen, als Anne sich darüber beklagte, dass sie immer an die falschen Männer geriet, hielt Nina die Aufzeichnung an und sagte: »Ja, es ist immer wieder auffällig, manche Menschen ziehen ganz bestimmte Charaktere an wie das Licht die Motten. So scheint es auch der Köchin zu ergehen, denn wie sie es offensichtlich schon ahnte, war auch Benjamin Hölter ein Hochkrimineller, dem nichts heilig zu sein schien und der sein gutes Aussehen und seinen Charme zu nutzen wusste.« Die Anwesenden nickten, und Nina ließ die Aufnahme weiterlaufen.

Kaum dass Anne den Namen ihres damaligen Freundes aus Emden genannt hatte, stoppte Bert die Aufzeichnung erneut und sagte: »Oke, ich denke, du hast nicht ohne Grund nach dem Namen des Freundes gefragt, richtig?«

»Das stimmt. Ich werde mal in unserer Datenbank nachforschen, was aus dem geworden ist. Ich bin sicher, dass wir den im Bestand haben.«

»Dann mach das mal gleich hier an meinem PC«, gab der Soko-Leiter Anweisung. »Wir müssen ja ohnehin noch warten, ob wir einen Haftbefehl und Durchsuchungsbeschlüsse für den Noch-Ehemann der Köchin bekommen. Allein das Stalking seiner Ehefrau, die häusliche Gewalt und insbesondere die ganze Abhöraktion sprechen doch schon eine eigene Sprache. Dann die Bestätigung, dass Körpergröße, Statur und Schuhgröße passen, in Verbindung mit der Aussage des Strandzeugen, der zumindest nicht ausschließt, dass der Sicherheitsprofi auch der Mörder von Benjamin Hölter sein könnte. Diese Indizien sollten auch für unsere Justiz ausreichend sein, weitergehende Ermittlungen zuzulassen.«

Es dauerte nicht lange, dann meldete Oke: »Treffer! Nico Kühne wurde damals von seinem Vermieter als vermisst gemeldet. Zwei Jahre danach wurde im Zusammenhang mit anderen Ermittlungen der Emder Kollegen eine zunächst nicht identifizierte Leiche entdeckt. Eine DNA-Analyse brachte dann zutage, dass es sich bei dem Leichnam um den zwei Jahre zuvor als vermisst gemeldeten Nico Kühne handelte. Im Kopf und Körper steckten zwei Kleinkalibergeschosse.«

»Konnten die Emder Kollegen den Täter ermitteln?«, wollte Bert wissen.

»Fehlanzeige, obwohl eins der sichergestellten Geschosse so gut wie keine Beschädigungen aufwies, also sehr gut für Schussvergleiche geeignet gewesen wäre. Der Fall liegt heute als Cold Case im Archiv. Unsere Kollegen gingen davon aus, dass es sich dabei um einen Mord im Rotlichtmilieu handelte. Denn durch das Umfeld des Opfers wurde gegen alle Aufklärungsbemühungen gemauert.«

»Also eigentlich der Milieu-Klassiker«, stellte Nina fest. »Aber allein die beiden Kleinkalibergeschosse wirken auf mich in diesem Zusammenhang alarmierend.«

»Umso wichtiger ist auch ein Durchsuchungsbeschluss für Bergmanns Spind bei der Sicherheitsfirma«, merkte der Soko-Leiter an. »Eigentlich müssten nach meiner Vorstellung alle Kleinkaliberpistolen des Unternehmens, auch von allen Sicherheitskurieren, zu Schussvergleichen eingezogen werden. Denn wenn wir davon ausgehen, dass Bergmann damals schon Sicherheitskurier in der Firma war, dann könnte es doch sein, dass er den Ex-Freund seiner zukünftigen Frau mit seiner Dienstwaffe erschossen hat. Das muss ja nicht die gleiche gewesen sein, die er heute als Dienstwaffe hat.«

»Das würde ich genauso sehen«, stimmte Nina ihrem Mann zu. »Wahrscheinlich wird die Pistole heute noch im Unternehmen bei den Kurieren eingesetzt. Schließlich hat ja in all den Jahren kein polizeilicher Ermittler danach gefragt. Warum hätte er die Waffe also entsorgen sollen? Da hätte er ja Erklärungsnot gehabt, wo seine Waffe geblieben ist. Das heißt, unsere Forensik müsste tatsächlich ausnahmslos mit allen Kleinkaliberwaffen der Sicherheitsfirma einen Schusswaffenvergleichstest durchführen.«

»Na, dann viel Spaß«, konnte Rita es sich nicht verkneifen. »Da sehe ich schon die Anwälte der Firma auf dem Plan. Denn damit würden wir die Kurierdienste erheblich behindern.«

»Wir müssen umgehend die Staatsanwaltschaft informieren«, sagte der Soko-Leiter. »Ich werde mit dem leitenden Oberstaatsanwalt in Aurich telefonieren. Mit Mattes Boer bin ich ja schon seit Langem außerhalb der Gerichte per Du. Also, Oke, schick deine Auswertung an unseren zuständigen Staatsanwalt hier in Wittmund und gleichzeitig an den Oberstaatsanwalt in Aurich. An den schick auch die Audioaufzeichnung von Anne Bergmann mit, damit der gleich im Bilde ist.«

Dann rief Bert bei Oberstaatsanwalt Boer an. Es meldete sich seine Sekretärin. Bevor Bert ihr in kurzen Worten mitteilen konnte, worum es ging, sagte sie: »Einen Moment, Herr Linnig, ich schalte auf laut. Oberstaatsanwalt Boer steht neben mir.«

Nachdem Bert kurz den Sachverhalt geschildert hatte, sagte der Behördenleiter: »Moment, Bert, meine Sekretärin stellt auf meinen Apparat um.« Kurz darauf war er wieder in der Leitung und sagte: »Den Fall Nico Kühne kenne ich. Damals war ich noch zuständiger Staatsanwalt für Leer und Emden. Wir mussten den Fall als Cold Case zu den Akten legen. Für uns schien es ein Milieumord zu sein, bei dem wie nicht anders zu erwarten von allen Seiten gemauert wurde.«

»Mattes, so weit sind wir auch schon mit unseren Erkenntnissen gekommen. Mein Mitarbeiter hat dir unseren bisherigen Kenntnisstand, den wir zuvor schon an unseren zuständigen Staatsanwalt in Wittmund gegeben hatten, über den Messenger geschickt. Die Brisanz sehe ich aber vor allem in der Notwendigkeit, alle Kleinkaliberschusswaffen der Auricher Sicherheitsfirma zu einem Vergleichstest einzuziehen. Deswegen wende ich mich mit der Angelegenheit direkt an dich. In unserem aktuellen Mordfall am Strand von Neuharlingersiel scheint mir hier Eile geboten. Zudem hätten wir die Chance, vielleicht als Abfallprodukt auch noch einen Cold Case zu lösen.«

»Bert, ich habe verstanden. Die Info ist schon im Messenger. Ich schau es mir sofort an und melde mich gleich wieder bei dir. Wenn deine Schlussfolgerungen zutreffen, werde ich als vorgesetzte Dienststelle der Wittmunder Staatsanwaltschaft den kompletten Fall an mich ziehen. Bis gleich.«

Es verging keine Stunde, dann war der Oberstaatsanwalt wieder in der Leitung:»Bert, dickes Lob an dich und dein Team, aber auch an eure Spusi! Ich habe den Fall an mich gezogen und auch bereits mit dem zuständigen Richter telefoniert. Der Haftbefehl gegen Julian Bergmann ist schon unterwegs, ebenso die Durchsuchungsbeschlüsse und die richterliche Anordnung zu einem Schusswaffenvergleichstest mit allen Kleinkaliberwaffen der Sicherheitsfirma. Dabei muss die Firma in Kauf nehmen, dass Kundenaufträge unter Umständen zurückgestellt beziehungsweise verschoben oder im ungünstigsten Fall sogar von einer anderen Sicherheitsfirma übernommen werden. Dies ist ausdrücklich im Durchsuchungsbeschluss vermerkt.«

»Dann kann ich mich mit meinem Team ja schon mal auf den Weg nach Aurich machen«, unterbrach Bert den Oberstaatsanwalt.»Wie sieht es denn mit SEK-Unterstützung aus? Immerhin sind eine Menge Waffen im Spiel, auch wenn ich unterstelle, dass von einer Sicherheitsfirma eigentlich keine Gefahr für einen Polizeieinsatz ausgehen sollte.«

»SEK ist bereits angefordert und schon von Oldenburg aus unterwegs. Allerdings, Bert, muss ich natürlich die örtlichen Zuständigkeiten beachten. Auch wenn ihr im Kreis Wittmund als eigentlich untergeordnetes Kommissariat eine weitgehende Selbstständigkeit habt, bleibt die Polizeiinspektion Aurich eure vorgesetzte Dienststelle. Daher, aber auch örtlich bedingt, ist im Fall eines Angestellten der Sicherheitsfirma die Soko-Leiterin, Erste Kriminalhauptkommissarin Femke Peters, mit ihrem Team zuständig. Dies gilt natürlich auch für den Einsatz der hiesigen Spurensicherung. Der Durchsuchungsbeschluss für Bergmanns Haus in Esens ist allerdings direkt an eure Dienststelle gegangen. Schon, um bei den Durchsuchungen breiter aufgestellt zu sein. Bezüglich des Einsatzes deiner Soko würde ich dich bitten, dich mit Femke Peters abzustimmen.«

»Mattes, vielen Dank für deine schnelle Unterstützung! Dass wir uns mit Femke abstimmen müssen, habe ich angesichts der geltenden Zuständigkeitsregelungen bereits erwartet.«

Nina ging, um ihre Leute über den aktuellen Sachstand zu informieren. Als sie damit fertig war, sagte Oke:»Nina, ich muss etwas beichten. Fokke, der IT-Spezialist im Soko-Team unserer Polizeiinspektion in Aurich, hat mir mal erzählt, dass er mit einem Software-Entwickler befreundet ist. Über den ist Fokke gelegentlich als Gast bei der Community eines Professors für künstliche Intelligenz. Fokke hat mir angeboten: Wenn ich mal dringend zum Beispiel ein Bewegungsprofil außerhalb des offiziellen Weges brauche, wüsste er einen Weg. Ich dürfte das aber nur dann verwenden, wenn andere Indizien das bereits rechtfertigen und mit einer gerichtlichen Anordnung gerechnet werden kann.«

»Willst du mir damit jetzt sagen, du hast zu der Handynummer von Julian Bergmann bereits ein Bewegungsprofil?«, konnte Nina es kaum glauben.

»Genau das. Die GPS-Ortung hat Bergmann ausgeschaltet, aber nach der Funkmasten-Ortung des Providers hat er sich zur Tatzeit im Raum Neuharlingersiel aufgehalten. Vermutlich hat er mit dem Rad eine Runde von Esens über Neuharlingersiel, Carolinensiel, Wittmund, B 210 und dann nach Esens zurück gemacht.«

»Die gerichtliche Anordnung, ein solches Profil anzufordern, haben wir ja inzwischen«, bemerkte Nina. »Es ist also offiziell. Können wir nur hoffen, dass niemand fragt, wie wir so schnell daran gekommen sind.«

»Eigentlich kein Problem. Die Provider sind doch alle digital. Theoretisch könnten die Antworten auf solche Anfragen von uns auch viel schneller vorliegen. Man braucht nur die KI einzusetzen, wie Fokke mir sagte.«

***

Als Bert kurz darauf seine vorgesetzte Dienststelle in der Leitung hatte und die üblichen Höflichkeiten ausgetauscht waren, sagte die Auricher Soko-Leiterin, Erste Kriminalhauptkommissarin Femke Peters:»Bert, ihr habt in Wittmund tolle Vorarbeit geleis-

tet! Meinen Respekt! Aber so kennen wir euch! Der Oberstaatsanwalt hat eure Unterlagen schon an mich weitergeleitet.
Kommen wir also zu unserem aktuellen Fall. Wir haben bereits
eine Ortung von Julian Bergmanns Handy durchgeführt. So wie
es aussieht, befindet er sich zurzeit in der Firma. Mein Team und
ich werden dort mit SEK-Unterstützung die Verhaftung vornehmen, und unsere Spusi wird unter anderem auch alle Kleinkaliberwaffen zur Überprüfung einziehen. Da ihr im Haus des Verdächtigen in Esens keine Verhaftung vornehmen müsst, kannst du uns,
wenn du willst, mit Nina in Aurich unterstützen. Bergmanns an-
schließende Vernehmung können wir dann gemeinsam vornehmen.«

»Das ist gut, Femke. Darum hätte ich dich jetzt auch gebeten.
Unsere Spusi wird zeitgleich die Durchsuchung in Bergmanns
Privathaus durchführen.«

»Das weiß ich schon vom Oberstaatsanwalt. Das ist auch gut so.
Unsere Spusi ist mit dem Schusswaffenvergleichstest schon unter
hohem Zeitdruck, damit der Betrieb der Sicherheitsfirma möglichst schnell wieder aufgenommen werden kann. Das Problem
ist nur: Wie kommen eure Leute da in Esens in das Haus? Ich
könnte mir vorstellen, dass der Mitarbeiter einer Sicherheitsfirma
sein Haus entsprechend abgesichert hat.«

»Wir haben von seiner Noch-Ehefrau einen Zweitschlüssel und
für die Alarmanlage eine Sicherheits-PIN. Wenn wir Glück
haben, hat er diese nicht geändert, was nach Ansicht seiner Frau
durchaus typisch für ihn wäre. Notfalls müssten wir uns
gewaltsam Zugang verschaffen.«

»Alter Spruch aus dem Mittelalter«, erwiderte Femke lachend:
»Der Schuster trägt die schlechtesten Schuhe. Lassen wir uns
überraschen. Dann wünsche ich eurer Spurensicherung viel
Erfolg, und wir sehen uns dann gleich. Bis zu eurem Eintreffen
könnte auch der SEK-Trupp schon hier sein. Bis dann.«

Kurz darauf waren Bert und seine Frau mit dem zivilen Dienstwagen unterwegs nach Aurich. Als sie dort ankamen, saß das
Auricher Soko-Team mit den Leuten des SEK bereits im Besprechungsraum. Die Leiterin zeigte über den Beamer ein Luftbild
von Google Maps auf einer Leinwand.

Nachdem sie sich begrüßt hatten, sagte Femke: »Wir haben gerade begonnen die Vorgehensweise abzustimmen. Lars und ich kennen den Chef der Sicherheitsfirma, die eigentlich einen guten Ruf hat. Und ich habe mich vorhin auch nochmal mit unserem Oberstaatsanwalt abgestimmt. Wir gehen nicht davon aus, dass das SEK unbedingt zum Einsatz kommen muss. Wir wollen es aber für den Notfall bereithalten.«

»Das klingt ja schon nach einem Plan«, unterbrach Bert.

»Ja, so ist es«, bestätigte Femke und trat mit einem Zeigestock an die Leinwand. »Das ist eines unserer Gewerbegebiete«, fuhr sie dann fort. »Und das ist das Gebäude der Sicherheitsfirma. In dem Anbau sind ein Lager, Sanitäreinrichtungen und Umkleiden mit Spinden für die Sicherheitsleute untergebracht. Die Aufenthaltsräume befinden sich im Erdgeschoss des Hauptgebäudes. Die Büros liegen darüber in den beiden Obergeschossen. Das heißt, wir gehen davon aus, dass sich Bergmann im Erdgeschoss in einem der Aufenthaltsräume oder im Anbau aufhält. Jedenfalls haben wir da auch sein Handy geortet.«

»Dann könnte es ja sein, dass er zufällig unseren ganzen Aufmarsch schon mitbekommt und entweder das Weite sucht oder zum Angriff übergeht«, stellte Nina fest.

»Genau das ist auch unsere Überlegung«, stimmte Femke ihr zu. »Zumal es nach hinten aus dem Anbau heraus auch einen Ausgang zu einem Tor im Zaun gibt.« Die Kommissarin zeigte dorthin.

»Ich sehe, dass sich hinter dem besagten Zaun mit dem Tor zur dort verlaufenden Straße eine Buschreihe befindet«, ergriff der SEK-Truppführer das Wort. »Ich schlage vor, dass wir mit unseren Fahrzeugen dahinter in Bereitschaft gehen. Dann könnten wir notfalls auch dem Verdächtigen den Weg abschneiden.«

»Das ist eine gute Idee«, stimmte die leitende Kommissarin ihm zu. »Wir hatten da in der Nähe schon einmal einen Einsatz. Daher weiß ich, dass die Buschreihe so hoch ist, dass man nur aus den Büroräumen der Sicherheitsfirma den Aufmarsch Ihrer Fahrzeuge mitbekommen kann. Aber ich möchte auch von der Vorderseite jeden Aufmarsch von Polizeifahrzeugen vermeiden.«

»Und wie soll das dann vonstattengehen?«, wollte Bert wissen.

»Ich habe vorhin beim Chef der Sicherheitsfirma angerufen und mit ihm einen Termin vereinbart. Ich habe ihm gesagt, dass ich etwas mit ihm sehr vertraulich besprechen möchte und dazu meine Kollegin aus Wittmund mitbringe. Da wir davon ausgehen, dass zumindest einige Leute des Sicherheitspersonals mich und mein Team kennen, wirkt es unverfänglicher, wenn Nina und ich zunächst allein mit dem Chef sprechen. Wir werden unsere Funkgeräte eingeschaltet lassen, sodass ihr draußen jederzeit über den Ablauf im Bilde seid. Dazu werde ich Nina in meinem Wagen mitnehmen. Lars kann dann bei Bert mitfahren. Unsere Fahrzeuge, einschließlich unserer Spurensicherung, werden entlang dieser Straße auf Abruf warten.« Femke zeigte mit dem Stock die Stelle und fuhr dann fort: »Da sind unsere Wagen dann durch eine große Produktionshalle einer anderen Firma verdeckt.«

»Wie soll dann die Festnahme erfolgen?«, fragte Nina nach.

»Ich sagte ja schon, dass Lars und ich den Chef der Firma persönlich kennen. Was ich im Moment als einen Vorteil sehe. Das heißt, Nina, wir werden ganz offen mit ihm sprechen und ihm auch den Haftbefehl zeigen und den Durchsuchungsbeschluss aushändigen. Der Oberstaatsanwalt, Lars und ich sind uns in der Beurteilung der Lage dahingehend einig, dass der Firmenchef kooperieren wird, auch wenn ihn unsere forensischen Maßnahmen in seiner Geschäftsausübung beeinträchtigen werden. Er dürfte ein absolutes Interesse daran haben, dass seine Mitarbeiter im Unternehmen kein Sicherheitsrisiko darstellen. Daher bin ich davon überzeugt, dass er uns selbst zu Bergmann führen und uns sogar notfalls bei der Festnahme unterstützen wird.«

Da keine weiteren Fragen kamen, beendete die Auricher Soko-Leiterin die Einweisung, und die Beamten machten sich auf den Weg zum Gewerbegebiet. Femke fuhr das letzte Fahrzeug der Kolonne, die sich mit Blaulicht, aber ohne Martinshörner durch das Stadtgebiet bewegte. Kurz vor Erreichen des Gewerbegebietes gab Lars, der mit Bert die Kolonne anführte, per Funk die Anweisung, das Blaulicht auszuschalten. Dann fuhren alle in die vorgesehenen Positionen. Femke passierte die Fahrzeuge ihres Teams und der Spurensicherung und parkte das Auto auf einem der Besucherparkplätze der Sicherheitsfirma.

Dann betraten die beiden Polizistinnen das Gebäude und meldeten sich bei der Rezeption an. »Mein Chef erwartet Sie schon«, sagte die junge Frau hinter dem Tresen. »Ich bringe Sie zu ihm.«

»Moin, Frau Peters«, begrüßte sie ein smarter Mittvierziger mit einem freundlichen Lächeln und einer einladenden Handbewegung in Richtung einer kleinen Lounge. »Tee, Kaffee oder Wasser?«

Nachdem die Beamtinnen zurückgegrüßt und beide knapp »Wasser« gesagt hatten, stellte Nina sich kurz vor. Dann nahmen sie in der Lounge Platz, und die junge Frau brachte ihnen das Gewünschte und dem Chef einen Kaffee.

»Was kann ich für Sie tun, meine Damen?«, wollte der Chef wissen. »Frau Peters, Sie taten am Telefon sehr geheimnisvoll. Sie wissen doch, dass Sicherheit und Diskretion unsere obersten Gebote sind.«

»Deswegen sitzen wir hier bei Ihnen, Herr Dirksen«, antwortete Femke. »Ich will auch gar nicht lange um den heißen Brei herumreden und gleich zur Sache kommen. Wir haben gegen einen Ihrer Sicherheitskuriere einen Haftbefehl. Die Festnahme möchten wir möglichst diskret und unauffällig über die Bühne bringen, schon um den guten Ruf Ihres Unternehmens nicht zu beschädigen.«

»Um Gottes willen! Einen Haftbefehl gegen einen meiner Sicherheitskuriere?! Das darf doch nicht wahr sein! Dabei legen wir bei der Personalauswahl höchste Maßstäbe an. Um wen geht es denn?«

»Es geht um Julian Bergmann.«

»Julian?! Er gehört mit zu den Mitarbeitern, die am längsten im Unternehmen sind. Ich habe ihn schon von meinem Vorgänger übernommen. Absolut zuverlässig! Er ist bei mir inzwischen der Leiter im Bereich Werttransportbegleitung. Was um alles in der Welt hat er denn verbrochen, dass Sie mit einem Haftbefehl kommen?!«

»Man könnte es mit den Worten überschreiben: Eifersucht und Nebenbuhler«, sagte Femke.

»Dass es bei ihm in der Ehe kriselte, ist mir natürlich nicht verborgen geblieben, und auch nicht, dass seine Frau bei ihm ausgezogen ist und die Scheidung beantragt hat. Wollen Sie mir jetzt etwa sagen, dass da ein Nebenbuhler im Spiel war, den er umgebracht hat?«

»So ungefähr«, blieb die Kommissarin zunächst noch vage. »Das Unangenehmste für Sie dürfte aber die Tatsache sein, dass dabei eine Waffe zum Einsatz kam, wie sie auch von Ihren Sicherheitskurieren verwendet werden.«

»Ach du Scheiße!«, entfuhr es dem Firmenchef. »Und jetzt müssen Ihre Leute alle meine Waffen überprüfen, richtig?!«

»Nur die Kleinkaliberpistolen«, antwortete Nina. »Ist bei Ihnen in der letzten Zeit eine solche Pistole, aus welchem Grund auch immer, abhandengekommen?«

»Ja, auf einmal fehlte bei einem der Kollegen die Kleinkaliberpistole im Sicherheitsfach seines Spindes. Er schwor Stein und Bein, dass er sie nach seinem Dienst da reingelegt hatte, und am nächsten Morgen war sie verschwunden. Ich hatte schon mit dem Gedanken gespielt, den Mann zu entlassen, zumal der auch erst seit einem halben Jahr bei uns ist.«

»Wer hat denn alles Zugang zu den Spinden und den Sicherheitsfächern darin?«, hakte Femke nach.

»Wie Sie sich vorstellen können, haben wir dafür Sicherheitsschlösser in einer Schließanlage, sowohl für die Spinde als auch für die Sicherheitsfächer, in denen die Waffen aufbewahrt werden. Für die jeweiligen Schließanlagen gibt es natürlich auch Zentralschlüssel, die in einem gesonderten Tresor gelagert sind und zu dem nur ein ganz kleiner Personenkreis Zugang hat.«

»Gehört Herr Bergmann zu diesem Personenkreis?«, wollte Nina wissen.

»Die Abteilungsleiter, deren Personal mit Waffen ausgestattet ist, gehören zu dem Personenkreis. Wie gesagt, Herr Bergmann war schon bei meinem Vorgänger in der Firma und gilt als absolut zuverlässig. Was wird ihm denn konkret im Haftbefehl zur Last gelegt?«

»Er steht im konkreten Verdacht, dass er den Campingwagen und das Auto seiner Noch-Ehefrau mit Wanzen versehen und über GPS abgehört hat. In dem Camper wohnt seine Frau derzeit noch vorübergehend, bis sie eine neue Bleibe gefunden hat. Der Mann, mit dem sie im Campingwagen mehrmals intim gewesen war, wurde mit einer Kleinkaliberpistole der gleichen Marke wie die Ihren am Strand in Neuharlingersiel erschossen«, klärte Femke den Chef des Unternehmens auf.

»Hinzu kommt, dass das Bewegungsprofil von Bergmanns Handy zeigt, dass er zum Tatzeitpunkt in Tatortnähe gewesen ist«, fügte Nina hinzu, wofür sie einen fragenden Blick der Auricher Soko-Leiterin erntete.

»Darf ich den Haftbefehl mal sehen?«

»Natürlich«, antwortete Femke, holte diesen und auch den Durchsuchungsbeschluss aus ihrer Tasche und gab ihm beides.

In diesem Moment klingelte Ninas Handy. Als sie dranging, war Sören in der Leitung. »Ich weiß, du kannst jetzt wahrscheinlich nicht sprechen. Daher nur zur Info für dich. Meine IT-Spezialistin hat Zugang zu Bergmanns PC. Wir haben die Bestätigung. Er hat seine Frau und auch Hölter in dessen Auto abgehört.« Nina bedankte sich und beendete das Telefonat.

Nachdem Dirksen sich beides durchgelesen hatte, sagte er: »Impulsiv kann Julian schon werden. Dass er zur Not auch die Waffe einsetzt, ist eine Tatsache, denn das musste er dienstlich sogar schon zweimal. Einmal war der Einsatz bei einem Überfall auf seinen Geldtransporter sogar für den Angreifer tödlich. Dieser verstarb trotz Notarzt und Rettungssanitäter auf dem Weg ins Krankenhaus. Aber eine solche Situation kann bei Ihnen im Polizeidienst ja auch vorkommen. Deswegen bringen Sie jedoch niemanden um. Andererseits kann man niemandem hinter die Stirn schauen. Und wenn es um verletzte Gefühle geht, schon gar nicht.«

»Herr Dirksen, vielen Dank für Ihr Verständnis!«, übernahm wieder Femke das Wort. »Wie können wir das mit den Waffen am besten organisieren?«

»Das bekommen wir hin. Wir haben vor einiger Zeit für bestimmte Einsätze auch etwas großkalibrigere Waffen wie die Ihren bei der Polizei angeschafft. Die können wir vorübergehend auch im Kurierdienst einsetzen. Dann hat eben nicht jeder seine eigene Waffe im Spind, sondern muss diese bei Dienst- und Schichtwechsel an den Nachfolger im Dienst übergeben. Ich habe ja selbst ein absolutes Interesse daran, dass die Waffen meiner Firma nicht missbräuchlich eingesetzt werden.«

»Das war ehrlich gesagt unsere größte Sorge, dass wir hier Ihren Dienstbetrieb aus dem Tritt bringen«, sagte Femke und fuhr dann fort: »Gemäß der Ortung seines Handys müsste Herr Bergmann sich hier im Haus aufhalten.«

»Ja, ich lasse ihn gleich zu mir kommen. Dann können Sie die formelle Festnahme hier in meinem Büro vornehmen. Und ich werde ihm klarmachen, dass er ohne Handfesseln freiwillig mit Ihnen mitgeht. Ich möchte jedes Aufsehen vermeiden. Es würde zumindest Angehörigen der Firma nicht entgehen, wenn er mit Handschellen abgeführt wird. Zu gegebener Zeit kann ich unsere Belegschaft in aller Ruhe dann über das Ereignis informieren.«

Kurz darauf betrat Julian Bergmann das Büro seines Chefs.

»Moin! Chef, was gibt's so Dringendes zu besprechen?«

»Julian, setz dich erstmal hin. Das sind zwei Polizistinnen, die dir etwas sehr Unangenehmes zu sagen haben. Ich würde dich daher jetzt schon bitten, Ruhe zu bewahren. Ich werde für einen Rechtsbeistand für dich sorgen. Darauf kannst du dich verlassen.«

»Um was geht es denn? Habe ich etwa falsch geparkt?«

»Nein, Herr Bergmann. Sie haben den Wohnwagen und das Auto Ihrer Noch-Ehefrau mit Wanzen abgehört. Auch in dem Wagen von Benjamin Hölter wurde ein solcher Hightech-Abhörsender sichergestellt. Was haben Sie dazu zu sagen?«

»Das müssen Sie mir erst einmal beweisen.«

»Gehen Sie mal davon aus, dass wir entsprechende Beweise haben«, sagte Nina.

Man sah, wie es in dem Mann arbeitete. Dann sagte er schließlich: »Na und? Und wenn's so wäre?«

»Herr Bergmann, Sie stehen in dem Verdacht, den Liebhaber Ihrer Frau, Benjamin Hölter, erschossen zu haben«, übernahm wieder Femke das Gespräch. »Dieser wurde mit einer Waffe erschossen, wie sie auch in Ihrer Firma hier verwendet werden. Deshalb haben wir einen richterlichen Haftbefehl gegen Sie.«

»Julian, bleib ganz ruhig!«, übernahm sein Chef das Wort. »Du bekommst einen Anwalt, und es wird sich alles klären. Am besten, du gehst freiwillig mit den beiden Kommissarinnen mit.

Ich möchte nicht, dass hier in der Firma die Runde macht, dass du in Handschellen abgeführt wurdest.«

»Keine Angst, ich behalte die Ruhe und ich werde auch freiwillig mitgehen!«, erwiderte der Angesprochene nach einem kurzen Moment. »Auch wenn ich zugeben muss, dass das für mich eine gute Nachricht war, die mir runtergegangen ist wie Öl. Aber erschossen habe ich das Arschloch nicht. Das hat dann wohl jemand anders erledigt. Freut mich sehr! Ja, ich habe meine Frau abgehört und auch mit Wut im Bauch den Sexspielchen zugehört. Ich gebe sogar zu, an sowas gedacht zu haben. Aber getan habe ich es nicht!«

»Herr Bergmann, hier übergebe ich Ihnen den Haftbefehl«, sagte die leitende Kommissarin. »Es ist sehr gut, dass Sie freiwillig mit uns gehen. Wir nehmen Sie in unserem Auto mit, das unten auf dem Gästeparkplatz steht, und übergeben Sie dann außerhalb des Firmengeländes den zuständigen Kollegen. Ist das für Sie okay?«

»Das ist für mich okay.«

Nachdem Femke und Nina den Festgenommenen an den SEK-Trupp übergeben hatten, der mit einem Wagen für Gefangenentransporte ausgestattet war, fuhren sie zur Dienststelle nach Aurich zurück. Unterwegs fragte Femke: »Sag mal, Nina, war das vorhin mit dem Bewegungsprofil einfach eine Behauptung von dir, sozusagen ein Schuss ins Blaue, um Bergmann aus der Reserve zu locken?«

»Nein, Femke. Nach dem Bewegungsprofil war er zum Tatzeitpunkt tatsächlich in Neuharlingersiel. Allerdings ist das kein GPS-Profil, sondern basiert nur auf der Funkmasten-Ortung.«

»Wie seid ihr denn da so schnell drangekommen? Die richterliche Freigabe dazu kam doch erst kurz vor unserem Einsatz.«

»Willst du es wirklich wissen?«, fragte Nina lachend zurück. »Dann sage ich nur ein Wort: Fokke!«

»Ah, Oke und Fokke, die beiden IT-Freaks«, musste nun auch Femke lachen.

9. Kapitel

Als Femke und Nina das Gebäude der Polizeiinspektion betraten, wurden sie schon von einem jungen Kollegen der Anmeldung in Empfang genommen. Er hatte die beiden zufällig auf dem Weg vom Parkplatz kommen sehen. »Es hat sich vorhin ein Anwalt gemeldet. Der wollte eigentlich zu Ihnen, Frau Peters. Herr Brodersen wusste Bescheid und hat den schon mit zu Ihrem Dienstzimmer genommen.«

»Danke!«, sagte die Soko-Leiterin und fuhr zu Nina gewandt fort: »Dann hat Dirksen Wort gehalten. Ich kann mir schon denken, von welcher Kanzlei der Anwalt ist, die haben ihre Büros hier gleich um die Ecke.«

Als die beiden Polizistinnen Femkes Dienstzimmer betraten, saß der Anwalt schon beim Aktenstudium.

»Bergmann ist noch bei der erkennungsdienstlichen Erfassung und wird dann von dort gleich in den Verhörraum gebracht. Wir bekommen Info«, sagte Lars zu Femke und Nina.

Es dauerte nicht lange, dann kam Polizeioberkommissar Volker Meiners, den aber alle nur Fokke nannten, und sagte: »Moin zusammen. Bergmann sitzt im Verhörraum.«

»Dann kann ich gleich mit meinem Klienten sprechen«, meinte der Anwalt. »Die Akte habe ich ja auf dem Tablet und kann sie auch dort weiterlesen.«

»Ich bringe Sie zum Verhörraum«, bot Fokke an und verschwand mit dem Juristen.

»Und wir nutzen die Zeit für ein kurzes Resümee«, sagte Femke, als Polizeioberkommissarin Rieke Grote das Dienstzimmer betrat. Auf einem Tablett brachte sie eine Kaffeekanne und Tassen.

»Ihr braucht jetzt bestimmt einen Kaffee. Fokke hat mir gerade Bescheid gesagt, dass ihr hier jetzt zusammensitzt, bis der Anwalt fertig ist. Und ich hatte schon, als ihr auf dem Rückweg wart, eine Kanne fertig gemacht. Einschenken könnt ihr selbst. Ich will dann auch nicht länger stören.« Sprach's und verschwand wieder.

Die vier Kommissare, jeweilige Leitung der Sokos Aurich und Wittmund, nahmen am Besprechungstisch Platz. Während Nina die Tassen verteilte, schenkte Femke schon den Kaffee ein. Dann sagte sie: »Besser hätte es in der Sicherheitsfirma nicht laufen können! Wir haben die Lage völlig richtig eingeschätzt, und das SEK diente wirklich nur der Absicherung aus dem Hintergrund. Aber man weiß ja nie! Es hätte auch ganz anders kommen können. Im ersten Moment dachte ich, Bergmann rastet aus, als ich ihm sagte, dass wir einen Haftbefehl gegen ihn haben.«

»Ich war gedanklich schon in Alarmbereitschaft«, fügte Nina hinzu. »Der sieht ja nicht gerade wie ein Schwächling aus.«

»Da hast du mir mit deinem Karate etwas voraus, liebe Nina«, übernahm wieder Femke lachend das Wort. »In so einem Fall habe ich leider keine Möglichkeit, meine Fechtdegen, die ich hier an der Wand hängen habe, einzusetzen. Aber ich bin mir auch sicher, dass uns Dirksen im Fall des Falles unterstützt hätte.«

»Aber den Durchsuchungsbeschluss für Bergmanns Haus in Esens hast du ihm noch nicht ausgehändigt, wie wir über Funk mitbekommen haben«, merkte Lars an.

»Stimmt«, bestätigte Femke. »Dazu hatte ich mich spontan entschieden, als er selbst erklärte, dass er freiwillig mitkommen würde. Den Beschluss werden wir ihm nachher aushändigen. Sein Anwalt hat den ja schon in den Akten und wird mit ihm sicher dann bereits darüber gesprochen haben.«

»Was habt ihr denn eigentlich mit dem Verdacht gemacht, dass Bergmann eventuell auch den kriminellen Ex-Freund seiner Frau auf dem Gewissen haben könnte?«, wollte Bert wissen. »Wir hatten ja noch keine Gelegenheit, in die Akte zu schauen, die Lars dem Anwalt auf dem Stick übergeben hat.«

»Stimmt, darüber konnten wir noch gar nicht sprechen«, antwortete Femke. »In Absprache mit Mattes, unserem leitenden Oberstaatsanwalt, ist dieser Verdacht weder Gegenstand des Haftbefehls noch der beiden Durchsuchungsbeschlüsse. Er hat diesen Gedanken auch noch nicht dem Richter vorgetragen. Wie ihr wisst, war Mattes damals als Staatsanwalt für Leer und Emden mit dem Fall befasst. Wir warten in Ruhe den Schusswaffenvergleichstest unserer Forensik ab und dann sehen wir weiter.«

»Hilfreich wäre, wenn die Seriennummer der verschwundenen Kleinkaliberpistole mit der Nummer der bei der Helling aus dem Wasser gezogenen Waffe übereinstimmt«, sagte Bert. »Dann stünde sicher fest, dass Bergmann sich mit seinen Zentralschlüsseln diese Waffe bei einem seiner Kollegen besorgt hätte. Schließlich wusste er durch seine Abhöraktionen sehr genau, wann und wo Hölter üblicherweise seine Joggingrunden machte. Um die Zeit morgens war kaum zu erwarten, dass schon jemand bei den Strandkörben war. Für ihn eine gute Möglichkeit, dem Lover seiner Frau aufzulauern.«

»Das wäre der Volltreffer«, stimmte auch Femke zu. »Lassen wir uns überraschen. Übrigens, da der Saisonkellner-Mord ja in eurer Zuständigkeit liegt, schlage ich vor, Bert, dass du mit Nina das Verhör durchführst. Wir sind ja im Grunde nur für die Durchsuchung und den Schusswaffenvergleichstest zuständig, weil die Sicherheitsfirma sich in unserem Zuständigkeitsbereich befindet. Ich werde das dann vor der Vernehmung dem Anwalt sagen.«

Fokke kam in diesem Moment und meldete, dass der Anwalt so weit sei. Als die vier Kommissare den Verhörraum betraten, wunderte sich der Anwalt über den Aufmarsch, wie er sich ausdrückte. Femke klärte ihn daraufhin über die Situation auf und dass die Vernehmung durch den zuständigen Wittmunder Soko-Leiter und seine Vertreterin durchgeführt würde.

Nachdem die Aufzeichnung gestartet worden war, sagte der Anwalt: »Auch wenn einige scheinbare Zusammenhänge eine andere Sprache sprechen, hat mein Mandant mit dem Tod von Benjamin Hölter nichts zu tun! Abgesehen von der Tatsache, dass seine Ehefrau mit diesem eine intime Beziehung hatte. Ich habe Herrn Bergmann daher dringend empfohlen, umfassend auszusagen.«

»Herr Bergmann, Ihr Anwalt wird Ihnen sicher schon gesagt haben, dass wir einen richterlichen Durchsuchungsbeschluss auch für Ihr Haus in Esens haben.«

»Das hat er. Da wird Ihre Spurensicherung aber wenig Spaß haben. Das Haus ist mit einer Alarmanlage ausgestattet, wie Sie sich das bei einem Mitarbeiter einer Sicherheitsfirma sicher schon haben denken können.«

»Haben wir«, übernahm Nina das Wort. »Wir haben inzwischen Ihren PC sichergestellt und uns auch schon Zugang verschafft. Ich sage Ihnen das, Herr Bergmann, der Fairness halber, weil Ihr Anwalt sagte, dass Sie umfassend aussagen wollen, und Sie unseren Kenntnisstand dadurch besser einschätzen können.«

»Wie haben Sie das denn geschafft?«, wunderte sich der Verhörte. »Wie sind Sie denn in mein Haus reingekommen?«

»Ganz einfach, mit dem Hausschlüssel und der Sicherheits-PIN Ihrer Alarmanlage«, erwiderte Nina mit einem leichten Schmunzeln, denn sie ahnte schon, was jetzt kommen würde.

»Wie zum Teufel sind Sie denn da rangekommen?«, konnte Bergmann es nicht fassen. Dann auf einmal schien es ihm zu dämmern. »Nein, ich glaub's ja nicht! So ein Miststück! Dann hatte sie doch noch einen Schlüssel, und ich Idiot hab die PIN nicht gewechselt.«

»Seien Sie froh, Herr Bergmann«, griff der Anwalt ein. »Mit dem Durchsuchungsbeschluss und einem Mordverdacht gegen Sie hätte sich die Spurensicherung auch gewaltsam Zutritt verschaffen dürfen.«

»Den Schlüssel erhalten Sie von uns zurück, sobald Ihr Haus wieder freigegeben ist«, informierte Bert und fuhr dann fort: »Kommen wir zur Sache, Herr Bergmann. Seit wann haben Sie den Campingwagen Ihrer Frau elektronisch überwacht?«

»In der Sommersaison des letzten Jahres hatte ich plötzlich den Verdacht, dass meine Frau mich hintergeht und eine sexuelle Beziehung aufgenommen hat. Sie hat das zwar immer bestritten, aber sie hatte einige Male während ihrer Schicht im Dattein im Camper übernachtet. Auf Fragen von mir kamen aber nur fadenscheinige Ausreden. Daraufhin habe ich mir eine Abhöranlage bei einem unserer Lieferanten bestellt und auch bezahlt. Nicht, dass Sie denken, ich hätte die Elektronik aus unserem Firmenlager geklaut. Diese habe ich dann eingebaut, als Anne im Dattein in der Küche voll eingespannt war, wovon ich mich vorher überzeugt hatte.«

»Ich habe mir Ihre Aufzeichnungen, die unsere Spurensicherung auf Ihrem PC sichergestellt hat, noch nicht anschauen können, daher meine Frage: Was erwartet uns da?«

Bergmann beugte sich zu seinem Anwalt und flüsterte ihm etwas zu.

»Brauchen Sie noch etwas Zeit mit Ihrem Mandanten?«, wollte Bert wissen.

»Nein, ich kann seine Frage auch ganz offen beantworten: Herr Bergmann, Sie wissen selbst, was die Beamten in den Aufzeichnungen finden werden. Das ist nicht mehr zu ändern. Also können Sie auch diesbezüglich offen sprechen. Pikante Details, die mit dem Mordfall nichts zu tun haben, können Sie aber dabei sich und uns ersparen.«

Daraufhin sagte Bergmann: »Na gut, was soll's. Nach dem Einbau der Anlage, die sich bei Gesprächen und Geräuschen aus dem Inneren des Campers selbst aktiviert, war zunächst bis Ostern diesen Jahres nichts zu hören, was meinen Verdacht gegen meine Frau bestätigt hätte. Ich hatte sogar schon mit dem Gedanken gespielt, die Anlage wieder abzuschalten. Aber dann, in der Ostersaison, wurde in einer Aufzeichnung mein Verdacht voll bestätigt. Aus den Gesprächen konnte ich entnehmen, dass es sich um einen Mann handelte, der von meiner Frau mit Benny angesprochen wurde. Schon in der vergangenen Sommersaison hatte ich mitbekommen, dass im Dattein ein Saisonkellner mit Namen Benny eingestellt worden war. Jedenfalls hatte meine Frau auch in der Ostersaison im Camper einige Male Sex mit dem Typen.«

»Haben Sie Ihre Frau diesbezüglich nicht zur Rede gestellt?«, wollte Femke wissen.

»Nicht direkt. Dann hätte ich ja offenbaren müssen, dass ich sie abhöre. Also habe ich das in unseren Gesprächen mit dem Sexualverhalten meiner Frau mir gegenüber begründet. Weil sie sich immer öfter mir verweigerte. Und zwar immer dann, wenn ich aus meinen Aufzeichnungen wusste, dass sie wieder Sex mit diesem Benny gehabt hatte. Nach Ende der Ostersaison hörte das auf, und ich war schon guter Hoffnung, dass dieser Benny nicht mehr kommen würde. Aber dann kam alles auf einmal ganz anders.«

»Was passierte da?«, hakte Bert ein.

»Wir hatten nur noch Zoff miteinander. Anne zog bei mir aus und reichte die Scheidung ein. Ihre persönlichen Sachen brachte sie in einem Storage unter und zog vorübergehend in ihren Camper. Der gehört ihr persönlich. Ihre Eltern hatten ihr diesen vor einiger Zeit geschenkt, weil sie aus gesundheitlichen Gründen nicht mehr campen konnten. Seitdem meine Frau in ihren Campingwagen gezogen war, hatte sie aber auch mit keinem anderen Mann mehr Sex gehabt. Ich wollte sie sogar schon bitten, doch wieder nach Hause zu kommen. Das ging bis etwa vor einer Woche.«

»Was war da?«, bohrte auch Femke noch einmal nach.

»Da war dieser Benny plötzlich wieder da und zog dann auch noch bei Anne ein. Wie ich den Gesprächen zwischen den beiden entnehmen konnte, war der wohl auch mit der Ehefrau des Vermieters seiner Ferienwohnung im Bett gewesen und da deswegen rausgeflogen. Aber das schien meiner Frau völlig egal zu sein. Sie stieg trotzdem mit diesem A…loch jede Nacht ins Bett. Ich hing die halben Nächte an meinem PC und überlegte, wie ich dem Typen das heimzahlen könnte. Insofern verstehen Sie jetzt sicher auch, welche Befriedigung mir die Nachricht seines Todes heute Mittag gebracht hat. Und das Beste daran ist, dass ich mir damit noch nicht einmal die Finger dreckig machen musste.«

»Für uns sieht das in Ihrem Fall aber gar nicht so aus«, übernahm wieder Bert das Wort. »Sie haben zwar sinnigerweise die GPS-Ortung Ihres Handys ausgeschaltet, dennoch lässt sich über die Funkmasten Ihres Providers ein Bewegungsprofil erstellen. Danach waren Sie zum Tatzeitpunkt für etwas mehr als zwanzig Minuten auch in unmittelbarer Tatortnähe.«

»Wo ist denn der genaue Tatort?«, wollte der Anwalt wissen. »Und wie kommen Sie überhaupt so schnell an ein Bewegungsprofil meines Klienten? Das würde mich mal interessieren.«

Femke und Nina warfen sich verstohlene Blicke zu, und Nina übernahm die Antwort: »Unsere Behörden hinken bekanntlich der Digitalisierung zum Teil noch Meilen hinterher. Es soll aber Firmen und Dienstleister geben, bei denen das Wort Digitalisierung Programm ist. Und wo ist diese am weitesten vorangeschritten? Im Internet- und Handybereich. Also dürfte es für die Provider doch inzwischen angesichts von vielfältigen Nutzungsmöglichkeiten einer KI gar kein Problem sein, innerhalb von Sekunden ein Bewegungsprofil zu einem bestimmten Handy abzufragen und automatisch an die zuständige Behörde digital weiterzuleiten. Gibt es dazu noch Fragen?«

»Nein, ich fürchte, das ist plausibel«, murmelte der Anwalt.

Bert übernahm die Beantwortung des anderen Teils seiner Frage: »Sie fragen nach dem genauen Tatort. Der befindet sich in Neuharlingersiel, unweit der Helling, am dortigen Strand bei den Strandkörben. Todeszeitpunkt nach Gutachten der Rechtsmedizin zwischen sechs Uhr dreißig und sieben Uhr dreißig. Also, Herr Bergmann, Fakt ist, dass Sie sich in diesem Zeitfenster dort aufgehalten haben! Was haben Sie dort etwa zwanzig Minuten lang gemacht?«

»Ach du Scheiße! Jetzt begreife ich, wieso ich plötzlich bei Ihnen im Verdacht stehe. Dass ich ein Motiv haben könnte, kann und will ich nicht bestreiten. Aber dass ich im Hafen von Neuharlingersiel gewesen bin, hat eine ganz simple Erklärung.«

»Wir sind gespannt«, konnte Femke es sich nicht verkneifen.

»Ich habe bei uns in der Firma flexible Arbeitszeiten. Da ich vorgestern Abend länger machen musste, begann mein Dienst am Mittwoch erst gegen Mittag. So genau nehmen das weder mein Chef noch ich. Da ich immer für die Rennradsaison unseres Vereins trainiere, bin ich am Mittwochmorgen gegen halb sieben von zu Hause in Esens weggefahren. So genau habe ich nicht auf die Uhr geschaut. Ich fahre da immer eine Standardstrecke von etwa fünfundfünfzig Kilometern. Dafür brauche ich in der Regel je nach Windverhältnissen zwischen eineinhalb und zwei Stunden. Manchmal auch noch etwas weniger.«

»Welche Strecke fahren Sie denn da?«, wollte Nina wissen, die mit Bert auch öfter Radtouren unternahm.

»Das kann ich Ihnen ganz genau sagen: Von meinem Haus in Esens über Neuharlingersiel nach Carolinensiel. Dann über die B 461 bis Wittmund und von dort über die B 210 Richtung Aurich, bis zur Abzweigung der Esenser Landstraße und dann zurück bis nach Esens. Es dürfte Ihnen ja bekannt sein, dass bei uns in Ostfriesland das Radwegenetz auch entlang von Bundesstraßen gut ausgebaut ist.«

»Ist bekannt«, übernahm Lars als gebürtiger Ostfriese und rechnete vor: »Von Esens bis Neuharlingersiel brauchen Sie je nachdem, ob Sie Gegen- oder Rückenwind haben, höchstens zwanzig bis dreißig Minuten. Mit dem Rennrad wahrscheinlich sogar noch etwas weniger.«

»Wie lange das gestern Morgen war, darauf habe ich nicht geachtet. Jedenfalls habe ich, als meine Frau noch zu Hause war, bei dieser Tour gelegentlich Brötchen von dem Bäcker am Neuharlingersieler Kutterhafen zum Frühstück mitgenommen. Da ich den Vormittag ja Zeit hatte, habe ich da gewohnheitsmäßig Halt gemacht, dabei aber nicht bedacht, dass wir schon Saisonbeginn hatten und der Laden entsprechend voll war. Jedenfalls erklärt das meinen Aufenthalt im Kutterhafen. Bei der Helling, die ja auf der anderen Seite des Hafens hinter dem großen Parkplatz liegt, geschweige denn am Strand hinter dem Deich bin ich nicht gewesen! Aber da habe ich ja richtig was verpasst. Bei der Helling oben vom Deich aus hätte ich die Erschießung dieses A…loches ja sogar live erleben können. Sorry, das musste jetzt einfach mal raus!«

»Herr Bergmann, Sie bestreiten also nach wie vor, etwas mit Benjamin Hölters Tod zu tun zu haben«, sagte Bert.

»Ich wiederhole, Herr Kommissar: Damit habe ich nichts zu tun! Und wenn bei uns in der Firma eine Kleinkaliberpistole abhandengekommen ist, habe ich auch damit nichts zu tun!«

»Ihre Aussage ist mit unserer Aufzeichnung protokolliert, Herr Bergmann. Ich werde den Mitschnitt unserer Vernehmung der Staatsanwaltschaft zuleiten. Von dort wird, gegebenenfalls in Absprache mit dem Haftrichter, darüber entschieden, ob Sie bis zum Abschluss der forensischen Auswertungen in U-Haft gehen. Jetzt werden Sie zunächst hier in der Polizeiinspektion in einer der Zellen untergebracht, bis darüber entschieden ist.« Danach beendete Bert die Vernehmung.

»Ich selbst werde auch noch einmal mit Oberstaatsanwalt Boer Kontakt aufnehmen«, sagte der Anwalt, bevor er sich verabschiedete und die Dienststelle verließ.

Die vier Kommissare setzten sich noch einmal in Femkes Dienstzimmer bei einer Tasse Kaffee am Besprechungstisch zusammen. Kurz darauf betrat die Leiterin der Forensik, Erste Kriminalhauptkommissarin Maren Wenker, das Büro der Soko-Leiterin und wurde auch gleich mit einem Kaffee versorgt.

»Das Urwaldtelefon hat durchgeläutet, dass ihr mit eurer Vernehmung fertig seid«, sagte sie mit einem stillen Grinsen und gewichtiger Miene. »Dann könnt ihr ja gleich mit der zweiten Vernehmung weitermachen«, fuhr sie fort. »Eigentlich wollte ich euch darüber noch in Kenntnis gesetzt haben, bevor der Anwalt ging. Den wird Bergmann jetzt ganz dringend brauchen.«

»Mensch, Maren, mach es nicht so spannend«, sagte Femke. »Was habt ihr herausgefunden? Gibt es etwa einen Treffer beim Schusswaffenvergleichstest?«

»Genau das. Und das schließt auf keinen Fall automatisch aus, dass Bergmann nicht auch der Mörder von dem Saison-Kellner ist.«

»Wie müssen wir das denn verstehen?«, wunderte sich Lars.

»Lars, hier die Kurzfassung: Schon bei den ersten fünf Kleinkaliberpistolen hatten wir einen Treffer mit dem Geschoss aus dem Leichnam von Anne Bergmanns Ex-Freund. Da es sich dabei um den Cold Case handelt, habe ich sofort mit dem Oberstaatsanwalt Kontakt aufgenommen. Der sagte, ich sollte bei dem Chef der Sicherheitsfirma nachfragen, ob es noch alte Waffendokumentationen gibt, aus denen hervorgeht, wer die Waffe damals in Besitz hatte.«

»Sag bloß, die gab es noch?«, entfuhr es Femke.

»Na klar, die Waffen sind ja bis heute im Gebrauch. Und außerdem ist dem Chef der Sicherheitsfirma sein guter Ruf heilig, wie er mir ausdrücklich sagte. Daher hat er uns auch die alten Waffendokumentationen aus dem Archiv, das er von seinem Vorgänger übernommen hatte, übergeben. Und ihr werdet es schon richtig vermutet haben, es war damals tatsächlich die Waffe von Julian Bergmann«, antwortete Maren.

»Dann hätten wir die ganzen Kleinkaliberpistolen der Sicherheitsfirma ja eigentlich gar nicht gebraucht«, stellte Bert fest. »Wir hätten ja nur die alten und neuen Dokumentationen anfordern müssen und hätten dann gewusst, welche Pistole Bergmann damals hatte.«

»Dieser Gedanke kam mir auch schon. Aber Auslöser der Aktion war ja nicht der Cold Case, sondern die Ermordung des Saisonkellners. Und hier brauchten wir einen Schusswaffenvergleichstest mit der Waffe, die die Taucher bei der Helling in Neuharlingersiel aus dem Wasser gezogen hatten. Da Bergmann aber, seit er der Leiter im Bereich Werttransportbegleitung ist, auch über den Zentralschlüssel der Waffenschließfächer verfügt, hätte er sich damit im Grunde jede Waffe für diese Tat ›ausleihen‹ können.«

»Da hast du natürlich recht«, stimmte Lars zu.

»Es gab zudem auch noch einen Vermerk aus der damaligen Zeit, dass Kleinkalibermunition fehlte, deren Verbleib nicht geklärt werden konnte«, fuhr die Leiterin der Forensik fort. »Der Oberstaatsanwalt ist schon darüber informiert und wird einen entsprechenden Haftbefehl beantragen.«

»Was sagte denn Mattes dazu? Der war ja damals der zuständige Staatsanwalt«, wollte Bert wissen.

»Der sagte: Da damals seitens der Szene gegen die Ermittlungen der Emder Kollegen gemauert wurde, konnte natürlich auch kein Zusammenhang zwischen der fehlenden Munition in der Sicherheitsfirma und dem Mord an Annes Ex-Freund hergestellt werden.«

»Klingt logisch«, merkte Femke an. »Dann werde ich gleich mal den Anwalt auf seinem Handy anrufen und ihn über den neuen Sachverhalt informieren. Ich denke, mit diesen Indizien wird Bergmann in jedem Fall erst einmal in U-Haft gehen.«

Nachdem die Auricher Soko-Leiterin den Anwalt informiert hatte, sagte sie in die Runde: »Er wird in einer halben Stunde hier sein.«

»Maren, eine Frage hätte ich noch«, meldete sich Bert nochmal zu Wort. »Habt ihr schon etwas zu der Waffe rausfinden können, die unsere Taucher bei der Helling herausgeholt haben?«

»Ja, dazu wäre ich gleich noch gekommen. Die Seriennummer stimmt nicht mit der Seriennummer der fehlenden Pistole in der Sicherheitsfirma überein. Auch das Ergebnis der Schusswaffenvergleichstests war negativ. Ich weiß, das hätte ja ein wichtiges Indiz dafür sein können, dass Bergmann doch Hölters Mörder ist.

Aber diesen Nachweis haben wir leider nicht, womit er aber noch nicht automatisch entlastet ist, wie ich schon sagte.«

Die halbe Stunde war noch nicht um, als der Anwalt und der zweite Haftbefehl für Bergmann fast gleichzeitig eintrafen. Nachdem der Anwalt mit seinem vertraulichen Klientengespräch fertig war, saß kurz darauf die gleiche Besetzung wieder im Verhörraum zusammen.

Nach Start der Aufzeichnung übernahm auch dieses Mal zu Beginn der Anwalt das Wort:»Mein Klient macht von seinem Schweigerecht Gebrauch und verweigert jegliche Aussage zur Sache.«

»Dann darf ich Ihnen mitteilen, dass für diesen Fall bereits vorsorglich die richterliche Entscheidung vorliegt, Herrn Bergmann zur U-Haft in die zuständige JVA zu überstellen«, sagte Femke und beendete die Vernehmung.

***

Als Bert und Nina im Kommissariat zurück waren, wurden sie schon von Silke erwartet.»Ich soll Sören Bescheid sagen, wenn ihr wieder da seid. Er wollte euch noch persönlich darüber informieren, was die Hausdurchsuchung bei Hölters Vermieter ergeben hat.«

»Das ist gut«, sagte Bert.»Dann machen wir gleich ein kleines Meeting in meinem Dienstzimmer. Dabei können wir euch dann auch gleich über die Ergebnisse aus Aurich in Kenntnis setzen.«

Kurze Zeit später saß das Wittmunder Soko-Team mit dem Leiter der Forensik bei Bert um den Besprechungstisch zusammen.

Nachdem der Soko-Leiter die Anwesenden über die Ereignisse und Erkenntnisse aus den Aktionen in Aurich informiert hatte, übernahm Sören das Wort:»Wir haben die Durchsuchung im Haus des verdächtigen Vermieters so weit abgeschlossen. Dass sein Fahrrad Blutspuren von seiner blutenden Nase aufwies, war zu erwarten. Darüber hinaus konnten wir aber auch nach Auswertung seines PCs keine weiteren belastenden Hinweise finden, die über die Tatsache, dass seine Ehefrau mit Hölter eine sexuelle

Beziehung hatte, hinausgingen. Spuren, die auf einen Waffen- und Munitionsbesitz hingedeutet hätten, konnten wir ebenso wenig finden. Das wären zum Beispiel Waffenöl, Reinigungs- gerät für Pistolen, Übungszielscheiben oder Holster gewesen, aber nichts. Was aber auf der anderen Seite auch alles kein Beweis dafür ist, dass Bartels nicht doch Hölters Mörder sein könnte.«

»Dann bleibt noch das Bewegungsprofil seines Handys«, stellte Bert fest. »Aber das wird wahrscheinlich noch nicht vorliegen.«

»Silke hat das ja schon angefordert, und Oke war so freundlich, uns anzubieten, sich um die Auslesung des GPS-Signals aus Bartels' Handy zu kümmern«, sagte Sören.

»Ja, das war nicht deaktiviert worden«, übernahm der Angespro- chene das Wort. »Das Bewegungsprofil von Bartels' Handy zeigt, dass er sich zum Zeitpunkt des Mordes in unmittelbarer Nähe des Tatorts aufgehalten hat. Genau gesagt zwischen Helling und dem Strand. Danach ist er mit dem Handy, wie seine Frau es auch ausgesagt hat, nach Hause gefahren. Von dort wurde das Handy nicht mehr wegbewegt, bis unsere Spurensicherung es im Haus des Vermieters sichergestellt hat.«

»Damit sind wir im Fall Bartels zwar kein Stück richtig weiter- gekommen, aber er ist nach wie vor verdächtig. Denn Fakt ist, dass er sich zum Tatzeitpunkt beim Tatort aufgehalten hat und ihm nach wie vor ein Motiv unterstellt werden kann«, stellte Bert fest.

»Ich habe noch ein paar Informationen über die Hausdurch- suchung bei Julian Bergmann für euch«, setzte der Forensik- Leiter seinen Vortrag fort. »Über seine Abhöraktionen hatte ich Nina schon per Handy informiert. Wir haben aber noch mehr gefunden. Auch wenn das nicht unsere Baustelle ist und wir das schon an Femke weitergegeben haben: Er hatte auch noch das Video von der Abtreibung seiner Frau in seinem PC gespeichert.«

»Habt ihr denn auch noch etwas gefunden, was im Zusammen- hang mit dem Mord an Hölter stehen könnte?«, hakte Bert ein.

»Kann man wohl sagen. Bei ihm haben wir ein angebrochenes Päckchen mit Kleinkalibermunition gefunden. Davon haben wir ein Foto gemacht und es sowohl den Kollegen in Aurich als auch dem Chef der Sicherheitsfirma zugesandt. Mit solcher Munition könnte auch Hölter getötet worden sein. Von Herrn Dirksen haben wir dazu eine Rückmeldung bekommen.«

»Sag bloß, es geht um die fehlende Kleinkalibermunition bei der Sicherheitsfirma aus der Zeit, als der Ex-Freund von Anne Bergmann ermordet wurde?«, unterbrach Nina den Forensiker.

»Genau darum ging es. Dirksen sagte, genau eine solche Packung sei nach dem Vermerk aus der damaligen Zeit verschwunden. Wir haben daraufhin beim Hersteller der Munition nachgefragt und dem ein Foto der Schachtel geschickt. Nach dessen Rückmeldung wurden damals zu der besagten Zeit solche Schachteln verwendet. Irgendwann hat die Firma dann die Optik verändert, sodass aktuelle Packungen etwas anders aussehen. Sowohl die Kollegen in Aurich als auch der Oberstaatsanwalt sind bereits über unsere Nachforschungsergebnisse informiert.«

»Dann spricht ja alles dafür, dass Bergmann Nico Kühne mit seiner damaligen Dienstwaffe erschossen und dafür die in der Sicherheitsfirma verschwundene Kleinkalibermunition verwendet hat. Da er den Rest der Packung noch immer bei sich zu Hause hatte, könnte er mit dieser Munition doch auch Hölter erschossen haben. Anschließend hat er die Waffe dann bei der Helling entsorgt.«

»Könnte, Bert! Aber genau dafür fehlen uns die forensischen Beweise!«, musste Sören seinen Kollegen enttäuschen.

»Interessant finde ich in diesem Zusammenhang, dass Bergmann in Bezug auf den Mord an Hölter umfassend ausgesagt und vehement dementiert hat, dass er für dessen Tod verantwortlich ist«, warf Nina ein. »Im Gegensatz dazu verweigert er bezüglich des Kühne-Mordes vor etlichen Jahren die Aussage.«

»Stimmt zwar«, erwiderte Bert, »aber wer sagt uns, dass er mit seiner Behauptung, nicht für Hölters Tod verantwortlich zu sein, die Wahrheit sagt?«

10. Kapitel

Ein paar Wochen waren ins Land gegangen. Das Wittmunder Soko-Team saß in Berts Dienstzimmer zu einer Besprechung zusammen. Die drei Spuren zu den Verdächtigen Kurt Bartels, Felix Schulte und Julian Bergmann hatten sich mehr oder weniger als Sackgassen erwiesen. Auch wenn letzte Zweifel immer noch nicht ganz ausgeräumt waren. Manchen der Beteuerungen der Verdächtigen konnte man glauben oder auch nicht.

Es war aber auch nicht das erste Mal, dass die Ermittler an diesem Punkt waren, und Bert sagte: »Es hilft nichts, sich irgendwo festzubeißen! Wir fangen noch einmal ganz von vorne an!«

Da hatte Rita plötzlich eine Idee: »Unterstellen wir mal, dass die Aussagen von Schulte stimmen. Immerhin hat sich seine Beobachtung, dass ein Biker die vermutliche Mordwaffe bei der Helling ins Hafenbecken geworfen hat, ja tatsächlich bestätigt. Dann suchen wir doch nach einem großen, kräftigen Mann im Bikerdress.«

»Stimmt«, bestätigte Bert. »Aber was nützt uns diese Erkenntnis?«

»Warte mal. Darf ich mein Handy mal an deinen PC anschließen?«

»Natürlich. Was hast du vor?«

»Das werdet ihr gleich sehen … Als wir zum ersten Einsatz bei dem Toten an den Strand kamen, stand vor der Absperrung unserer Streifenkollegen eine diskutierende Gruppe von Strandbesuchern. Oke ging zur Befragung der Leute in den Strandkörben des östlichen Teils und ich ging zunächst zu der Gruppe. Später habe ich mir dann den westlichen Teil des Badestrandes zur Befragung vorgenommen.«

Inzwischen hatte Rita in der Galerie ihres Handys ein Video angeklickt und gestartet. Man sah, dass sie sich bei laufender Aufzeichnung auf die Gruppe zubewegte.

»Wie ihr seht, habe ich die Gruppe unauffällig gefilmt. Ich kam auf die Idee, weil mir plötzlich der Gedanke kam, dass der Täter womöglich zum Tatort zurückgekommen ist, um uns bei unserer

Polizeiarbeit zu beobachten. Da wäre so eine Gruppe ja eine gute Tarnung.«

Man sah in dem Video die diskutierende Gruppe und wie sich von der westlichen Seite ein Mann im Bikerdress näherte und an den hinteren Rand der Gruppe stellte. Dann endete das Video.

»Habt ihr den Mann in Bikerklamotten gesehen?«, fragte Rita in die Runde.

»Willst du uns jetzt damit sagen, dass das unser Täter sein könnte?«, hakte Bert ein.

»Als ich den kommen sah, dachte ich noch: ›Eigentlich nicht der richtige Dress für ein Sonnenbad am Strand!‹ Aber das sollte sich gleich aufklären, und damit verschwand diese Überlegung wohl auch wieder aus meiner Wahrnehmung.«

»Was willst du uns damit sagen?«, hakte Nina ein.

»Naja, wir hatten ja dann relativ schnell andere Mordverdächtige im Visier, sodass ich an diesen Biker gar nicht mehr dachte.«

»Und was ist das Besondere an dem?«, wollte nun auch Oke wissen.

»Ich musste die Aufnahme ja beenden, weil die Gruppe sonst bemerkt hätte, dass sie gefilmt wird. Der Biker meldete sich sehr schnell zu Wort, wollte wissen, was hier los ist, und beklagte sich, dass unsere Kollegen von der Streife nichts rauslassen wollten. Bei dieser Gelegenheit fällt mir jetzt aber auf: Der war ja erst dazugekommen wie ich auch, und in der Zeit hatten die Kollegen gar nichts gesagt.«

»Wie wir dich kennen, irrst du dich mit deiner Überlegung sicher nicht«, stellte Bert fest. »Und das ist dann in der Tat äußerst verdächtig!«

»Naja, ich bin mir nicht so sicher. Immerhin klärte sich kurze Zeit später sein nicht gerade strandkonformer Dress auf. Er meldete sich nämlich noch einmal zu Wort und sagte, dass er mit seiner Frau nach einer kleinen Radtour noch vor dem Strandkorbvermieter da gewesen wäre, aber nichts Verdächtiges bemerkt hätte.«

»War denn seine Frau auch im Bikerdress dabei?«, wollte Silke wissen.

»Nein, in der Gruppe steht keine Bikerin, wie man im Video sehen kann, und er kommt auch alleine zur Gruppe. Aber da fällt mir in diesem Moment gerade noch etwas ein. Ich habe ja, nachdem die Gruppe sich aufgelöst hatte, die Strandkörbe im westlichen Teil des Badestrandes abgeklappert. Da hatte ich eigentlich erwartet, auch auf die Frau des Bikers zu stoßen, weil er bei seiner Rede von seinem Strandkorb in den westlichen Bereich gedeutet hatte. Aber weder er noch seine Frau sind mir dabei begegnet. Ich habe aber auch nicht darauf geachtet, in welcher Richtung er die Gruppe verlassen hat, als diese sich auflöste.«

»Kannst du das Video nochmal laufen lassen?«, bat Nina. »Irgendwie kommt mir das Gesicht von dem Mann bekannt vor.«

Nachdem Rita das Video noch einmal abgespielt und an interessanten Stellen auch mehrmals gestoppt hatte, sagte Nina: »Ja, ich bin fast sicher, dass ich den schon mal irgendwo gesehen habe. Ist aber schon eine Weile her.«

»Nina, stimmt«, hakte an dieser Stelle auch Bert ein. »Ich glaube, ich weiß auch wo. Wir waren mal auf einer Vernissage, und ich glaube, der war einer der Aussteller. Vielleicht haben wir zu Hause auch noch einen Prospekt davon. Sowas heben wir ja meistens etwas länger auf, wenn wir mal wieder eine Radtour machen und uns vielleicht einen der Künstlergärten hier in Ostfriesland anschauen wollen.«

»Bert, du hast recht. Beim Stichwort Künstlergarten fällt es mir wieder ein. Der hatte nicht bei der Vernissage ausgestellt, aber auf dem Rückweg nach Hause haben wir in so einem Künstlergarten reingeschaut, und da war der Mann. Wo das jetzt genau war, fällt mir im Moment auch nicht ein. Aber davon müssten wir tatsächlich einen Prospekt zu Hause haben. Ich werde gleich mal kurz nach Hause fahren und nachschauen.«

Es verging nur etwas mehr als eine halbe Stunde, bis Nina mit einem Flyer wieder zurück war. Das Team hatte inzwischen Kaffee nachgetankt und Silke goss auch für Nina eine Tasse ein.

»Bert, ich weiß jetzt wieder, wo wir zu der Vernissage gewesen sind«, sagte Nina, nachdem sie einen Schluck getrunken hatte. »Das ist tatsächlich schon eine ganze Weile her. Wir waren mit den Fahrrädern in Jever. Dann sind wir auf dem Rückweg über Landstraßen irgendwo vor Tettens in Richtung Stadtgebiet Wittmund abgebogen und dabei an einer Abzweigung zu einem abgelegenen Gulfhof vorbeigekommen. Weil da ein Schild mit der Aufschrift Künstlergarten stand, sind wir da mal reingefahren. Das Bild von der Abzweigung ist auch hier in dem Flyer, sonst würde man den gar nicht finden. Man hätte nicht gedacht, hier einen kleinen, aber sehr bezaubernd sanierten Gulfhof mit vielen Skulpturen im Garten vorzufinden.«

»Ja, das Stadtgebiet von Wittmund wird von vielen unterschätzt«, merkte die gebürtige Ostfriesin Silke an. »Wer von unseren lieben Urlaubsgästen weiß schon, dass Wittmund in Ostfriesland flächenmäßig die größte Stadt ist? Auch wenn sie mit nur circa zwanzigtausend Einwohnern hinter Emden, Aurich, Leer und Norden erst an fünfter Stelle steht. Deshalb gibt es hier selbst im Stadtgebiet auch unzählige Kleinode, die man nur als Insider kennt, wenn überhaupt.«

»Ah, jetzt erinnere ich mich auch wieder«, sagte Bert, nachdem er sich den Flyer angeschaut hatte. »Der Gulfhof war wirklich ein Schmuckstück, eingefasst mit Blumenrabatten, wie man auch hier im Flyer sehen kann. Aber ich brauch da nicht unbedingt nochmal hin. Kunst hat ja viele Facetten, aber die Skulpturen waren meins nicht. Als künstlerischer Laie würde ich sagen, da versuchte ein Kind Picasso zu spielen.«

»Jedenfalls war das nichts für die breite Masse. Das kann man sicher sagen, ohne den Künstler abwerten zu wollen«, sagte Nina und fügte mit einem Augenzwinkern hinzu: »Männer sind da ja manchmal etwas direkter. Aber was im Moment sicher für uns viel interessanter ist: Wenn man das Bild des Künstlers mit dem Biker in Ritas Video vergleicht und sich seine Künstlermähne wegdenkt, könnte er das schon sein.«

»Na gut, dieser Künstlergarten liegt im östlichen Teil unseres dort sehr dünn besiedelten Stadtgebietes und damit keine zwanzig Kilometer von Neuharlingersiel entfernt«, dachte Bert laut nach. »Es wäre also durchaus denkbar, dass der Mann mit seiner Frau eine solche Radtour unternommen und sich nach Auflösung der besagten Gruppe mit ihr für die Heimfahrt auf dem Deich getroffen hat.«

»Wir haben den Strandkorbvermieter danach gefragt, ob schon Leute vor ihm am Strand waren«, sagte Nina. »Er sagte uns, dass er, wenn er morgens um acht Uhr kommt, mit einem Fernglas erst einmal den Strand absucht, ob da zum Beispiel nach einer nächtlichen Strandparty Müll rumliegt. Dabei hätte er weiter hinten in Richtung Windloop ein Pärchen gesehen, das am Tag davor einen Strandkorb für die Woche gemietet hatte.«

»Ich rufe Wilko gerade mal an«, sagte Oke. »Moin Wilko, ich hätte mal 'ne Frage. Am Tag, an dem du den Toten im Strandkorb gefunden hast, da waren doch schon ein paar wenige Leute in ihren Strandkörben«, begann Oke.

»Moin. Stimmt, da war ein Pärchen, das einen Strandkorb im westlichen Teil für die Woche gemietet hatte. Die waren schon vor mir da.«

»Hatten die einen Bikerdress an?«, fragte Oke nun.

»Nee, warum sollten sie, die lagen im Strandkorb nach der Sonne ausgerichtet, um sich den Pelz zu bräunen. Geht's um jemand mit einem Bikerdress?«

»Ja, Herr Helmers, ist Ihnen da jemand aufgefallen?«, übernahm Nina, die mitgehört hatte.

»Wo Sie danach fragen … Sie waren mit Herrn Linnig zu Ihrem Arzt und dem Toten gegangen. Da sah ich oben auf dem Deich, da, wo der Weg den Deich runter zu meinem Häuschen führt, jemand mit einem Mountainbike und einem Fernglas stehen, jedenfalls sah das so aus. Hätte mich auch eigentlich gar nicht mehr weiter interessiert. Aber dann fuhr der weiter, Richtung Campingplatz, und dann plötzlich nach etwa zwanzig Metern mit seinem Mountainbike den Deich hinunter, was eigentlich verboten ist. Sein Rad stellte er beim Toilettenhäuschen ab und ging zu der Gruppe, die vor der Absperrung bei Ihren Kollegen von der Streife stand.«

»Haben Sie auch gesehen, wo er hinging, als die Gruppe sich auflöste?«, setzte Nina fort.

»Ja, ich stand vor meiner Hütte. War ja mein erster Toter am Strand, da hab ich natürlich geschaut, was da jetzt passiert. Und der Biker fiel natürlich zwischen den anderen Badegästen auf. Er ging wieder zum Toilettenhäuschen und nahm sein Rad. Ich dachte, der würde jetzt in Richtung Campingplatz fahren. Stattdessen kam er das Stück vom Toilettenhäuschen zu mir auf dem Asphaltweg und fuhr dann den kurzen Fußweg zum Deich rauf, über den er in Richtung Badewerk verschwand.«

Die Kommissarin bedankte sich und Oke beendete das Telefonat. Dann sagte sie: »Also, das klingt für mich schon sehr merkwürdig, um nicht zu sagen, verdächtig.«

»Das sehe ich genauso«, stimmte Bert seiner Frau zu. »Der Sache sollten wir mal nachgehen. So wie Felix Schulte uns seine Beobachtungen geschildert hat, könnte man annehmen, der Biker hatte die Waffe bei der Helling versenkt. Danach hat er sich sein Mountainbike geschnappt und irgendwo aus der Deckung heraus abgewartet und mit Fernglas beobachtet, was sich tut.«

»Fakt ist aber jetzt schon mal, dass der Biker mich angelogen hat«, warf Rita ein. »Da stellt man sich doch automatisch die Frage: Warum? Wenn es ein ganz normaler Biker gewesen wäre, hätte er doch gar nicht von unseren Streifenkollegen und auch nicht von seiner Frau sprechen müssen. Damit wollte er – und sei es nur unbewusst – von etwas ablenken.«

»Da könnte was dran sein, Rita«, bestätigte der Soko-Leiter. »Nehmen wir mal an, der Biker ist tatsächlich der Künstler, Ulfert de Hoog, wie es auf dem Flyer steht. Was wäre dann sein Motiv?«

»Ich hätte eine Idee«, meldete sich Oke zu Wort. »Bert, kann ich mal deinen PC benutzen? Und darf ich mal den Flyer haben?«

Der Angesprochene nickte und gab Oke den Flyer.

»Dachte ich es mir doch«, sagte dieser nach einem Blick in den Flyer. »Da ist keine Website angegeben. Schauen wir doch mal auf dem großen Monitor gemeinsam rein, ob unsere Suchmaschinen etwas über Ulfert de Hoog finden.«

Im Nu hatte Oke doch eine Website gefunden und öffnete diese. »Eigentlich gehörte der Hinweis auf die Website auch auf den Flyer. Daher wundert es mich auch nicht, dass die Website absolut minimalistisch gestaltet ist«, stellte der IT-Freak fest. »Bei manchen Leuten, die eigentlich etwas verkaufen wollen, hat man den Eindruck, dass sie sich nicht trauen. Na, wenigstens sind da ein paar Bilder seiner Skulpturen. Sehe ich übrigens wie Bert – sorry, Nina, aber ich bin ja auch nur ein Mann. Ich glaube, die Website gibt nicht viel her. Erweitern wir mal den Suchbegriff. Ah, da ist ein Zeitungsartikel über die Neueröffnung des Künstlergartens. Das ist aber auch schon einige Jahre her. Aber da ist auch ein Bild vom Künstler und seiner Frau, Hilka de Hoog, wie in der Bildunterschrift steht. Er ein Typ mit dunkler Künstlermähne und sie sehr attraktiv! Die beiden würden auch in irgendeine spanische Finca passen.«

»Oke, lass das Bild mal stehen«, sagte Nina. »Hilka hieß doch auch die Frau, von der Afke bei unserem Essen im Harle-Stübchen erzählt hat. Oke, mach doch mal einen Screenshot von dem Zeitungsausschnitt mit der Frau und schick mir diesen auf mein Handy. Unabhängig davon: Wenn ich die Frau ansehe, hat sie etwas mit unserer Köchin aus dem Dattein und der Vermieterin der Ferienwohnung gemeinsam.«

»Hübsches Gesicht und tolle Figur«, stellte Rita fest. »Ich glaube, ich weiß, worauf du hinauswillst. Alle drei dürften in das Beuteschema unseres ermordeten Gigolos passen.«

»Das genau meine ich. Und die Hilka, von der Afke erzählte, war im letzten Jahr in der Weihnachten/Neujahr-Saison an dem Abend im Dattein doch mit Hölter intim geworden. Ich werde den Bildausschnitt mal an Afke weiterleiten. Vielleicht erkennt sie die Frau ja wieder.«

»Da hätte ich eine Idee«, meldete sich Oke. »Das Notebook des Toten liegt doch noch bei unserer Spurensicherung. Ich glaube, dass die sich genau wie wir auch auf unsere bisherigen Verdächtigen konzentriert haben. Ich gehe mal zu den Kollegen und hole es. Wer weiß, vielleicht werde ich ja fündig und es gibt einen Chat zwischen ihm und Hilka de Hoog oder zumindest noch bessere Bilder von ihr.«

»Oke, das ist eine gute Idee«, lobte Bert und beendete das Meeting.

»Wir machen heute mal etwas früher Dienstschluss«, sagte Bert zu seiner Frau, als die Kolleginnen und der Kollege gegangen waren. »Oder hast du noch was Wichtiges zu erledigen?«

»Im Moment warte ich noch auf eine Rückmeldung von Afke. Auf WhatsApp zeigt mir ein graues Häkchen, dass sie meine Nachricht mit dem Bild von Hilka de Hoog noch nicht bekommen hat. Ich rufe sie mal an.«

Nina wählte Afkes Handynummer. Es kam aber nur die Bandansage, dass der Teilnehmer zurzeit nicht erreichbar sei. Daraufhin rief die Kommissarin auf der Festnetznummer an. Aber auch da meldete sich nur der Anrufbeantworter. Nina hinterließ eine Nachricht mit der Bitte um Rückruf.

»Zu Hause ist sie nicht, dann könnte sie sich in einem unserer berühmten Funklöcher befinden oder ihr Akku ist leer«, stellte Nina fest. »Dann lass uns nach Hause fahren. Vielleicht meldet sich Afke ja inzwischen. Und was machen wir dann mit dem angebrochenen Nachmittag?«

»Wir machen nachher eine kleine Radtour. Nimm bitte den Flyer mit. Wir zeigen uns mal als Kunstinteressenten. Ich hoffe nur, dass de Hoog uns nicht sofort als Polizisten erkennt, wenn der uns am Strand mit dem Fernglas beobachtet hat.«

»Dann fragen wir ihn, was er kurz nach dem Mord da am Strand mit seinem Fernglas beobachten wollte. Wir hätten dazu eine Zeugenaussage von jemand, der ihn erkannt hat«, hatte Nina eine Lösung.

Kurze Zeit später war das Polizistenehepaar inkognito mit den Rädern unterwegs zu dem Künstlergarten, den es bereits nach etwa einer halben Stunde erreichte. Sie waren richtig erschrocken, denn der Hof sah auf einmal ziemlich ungepflegt aus. In den Beeten ums Haus keine Blumen mehr. Überall wucherte das Unkraut.

Bert klingelte an der Haustür, und es dauerte eine ganze Weile, bis jemand die Tür öffnete. Es war der Biker, den sie schon aus dem Video kannten. Nur diesmal hatte er eine Dreiviertel-Jeans und ein T-Shirt an. Seine Künstlermähne von dem Zeitungsbild und dem Flyer war tatsächlich verschwunden. »Was gibt's? Ich kaufe nix!«, raunzte er Nina und Bert unfreundlich an.

»Moin, aber vielleicht verkaufen Sie ja was«, antwortete Bert mit einem freundlichen Lächeln und hielt ihm seinen eigenen Flyer hin. Dabei fuhr er fort: »Meine Frau und ich waren schon mal bei Ihnen und haben Ihren Künstlergarten besichtigt. Und da wir heute wieder eine Radtour machen und hier vorbeikamen, haben wir gedacht, wir könnten nochmal bei Ihnen reinschauen.«

»Seit dem tödlichen Unfall meiner Frau vor über einem Jahr ist meine Welt aus den Fugen geraten, wie Sie ja hier draußen schon sehen. Im Garten sieht es nicht viel anders aus.«

»Oh mein Gott! Wie schrecklich für Sie!«, sagte Nina, und das Mitgefühl war nicht geheuchelt. »Haben Sie denn überhaupt keine Hilfe?«

»Der Sohn aus erster Ehe meiner Frau sorgt schon dafür, dass alles seinen Gang geht. Das sehen Sie ja hier … Ich sollte eigentlich auch schon längst draußen sein.« Die Bitterkeit in seiner Stimme war nicht zu überhören.

»Ah, verstehe, der Sohn Ihrer verstorbenen Frau ist Alleinerbe, sehe ich das richtig?«, versuchte Bert Zugang zu dem Mann zu finden.

»Auch wenn es Sie eigentlich nichts angeht und ich Sie ja auch nicht kenne, aber genauso ist es. ›Aus diesem Haus werde ich nur mit den Füßen voran rausgehen!‹, habe ich ihm gesagt«, ereiferte sich auf einmal der Mann. Offensichtlich musste er das mal loswerden. Er fuhr fort: »Diesen Hof haben seine Mutter und ich zu dem gemacht, was Sie schon kennengelernt haben und was die Bilder im Flyer zeigen. Wobei seine Mutter das Geld beigesteuert hat und ich die handwerkliche Arbeit. Und jetzt stehe ich hier ohne Job, und über meine Ansprüche gegenüber dem Erben feilschen Juristen. Sie entschuldigen mich bitte!« Dann ging er rein und schlug wütend die Tür zu.

Als die beiden Eheleute ein Stück weg waren, sagte Bert: »Ich bin wirklich gespannt, was Oke uns morgen früh zu berichten hat. Ich habe mit vielem gerechnet, aber damit eigentlich nicht. Mir erschien der Mann, schon als wir das erste Mal da waren, wie ein Tagträumer.«

»Geht mir genauso, Bert. Irgendwie kann einem der Mann leidtun. Ich verstehe aber auch seine Frau nicht, dass die nicht besser für ihren Mann vorgesorgt hat. So wie ich das zwischen den Zeilen rausgehört habe, scheint sie vermögend gewesen zu sein. Und wenn ich mal fantasiere: er brotloser Künstler, sie mit einer schon gescheiterten Ehe und mit Kind, nimmt ihn bei sich auf, aber nur mit Ehevertrag und einem inzwischen erwachsenen knallharten Sohn, der dem Stiefvater vielleicht sogar eins auswischen möchte. Aber trotzdem scheint er seine Frau immer noch abgöttisch geliebt zu haben.«

»Wir kennen ja einige Geschichten, die schließlich in Dramen und auf dem Seziertisch der Rechtsmedizin geendet haben«, meinte Bert. »Und hier scheint der Mann mit dem Rücken zur Wand zu stehen, die ihm noch nicht einmal gehört. Da ist im Zusammenhang mit unserem Mordfall alles denkbar. Wir sollten morgen mal nach dem Unfall forschen. Vielleicht bringt das etwas mehr Licht in die Angelegenheit.«

Nachdem die beiden zu Hause angekommen waren und Afke noch nicht zurückgerufen hatte, versuchte Nina es mal auf der Festnetznummer von Afkes Schwester. Diese sagte ihr, dass Afke zum ersten Mal mit dem kleinen Behrend eine Flugreise nach Mallorca gebucht hatte. Sie wäre während des Urlaubs unter ihrer deutschen Handynummer nicht erreichbar, da sie sich vor Ort eine lokale SIM-Karte mit viel Datenvolumen kaufen wollte. Sie würde sich aber morgen wieder bei Afkes Schwester melden.

11. Kapitel

Der nächste Morgen versprach einen schönen, milden Früh-
sommertag. Nina und Bert waren mit den Fahrrädern zum Dienst
gefahren. Dabei hatten sie sich wie immer an der schönen ostfriesischen Landschaft mit den Schwarzbunten auf den Weiden, den
Schlooten und Wieken sowie der Harle, die sie etliche Kilometer
auf dem Weg von Caro nach Wittmund begleitete, erfreut. Pünktlich um acht saß das Team wieder bei Kaffee am Besprechungstisch in Berts Dienstzimmer. Oke hatte am Schreibtisch seines
Chefs Platz genommen, um die Ergebnisse der Untersuchung von
Hölters Notebook gleich auf dem großen Monitor zu präsentieren.

Zuvor berichteten Bert und Nina von ihren gestrigen Eindrücken
auf dem Gulfhof des verdächtigen Bikers. Ferner auch, warum sie
Afke noch nicht zu dem Bild aus der Zeitung hatten befragen
können.

Als sie fertig waren, sagte Oke: »Ein paar eurer offenen Fragen
werden wir gleich beantwortet bekommen. Das Wichtigste
vorweg: Ja, Hilka de Hoog hatte ein Verhältnis mit Benjamin
Hölter, was durchaus auch dafür spricht, dass sie die Hilka aus
Afkes Geschichte ist. Es gab einen Chat auf WhatsApp, der zu
dem Verhältnis zwischen den beiden kaum Fragen offenlässt. Da
die Kollegen unserer Spusi wie wir natürlich auch andere Spuren
verfolgt haben, hat dieser Chat bei den Nachforschungen bislang
allerdings keine Rolle gespielt.«

»Ich vermute, dass das auch nicht der einzige Chat dieser Art auf
dem Rechner unseres Mordopfers war«, hakte Nina ein. »Für
mich war der nicht nur vom Aussehen her ein ganz typischer
Gigolo.«

»Auf die pikanten Details in diesem Chat, die in der Tat die
Aktivitäten als Gigolo eindeutig dokumentieren, können wir an
dieser Stelle verzichten«, sagte Oke. »Fest steht, dass Hilka de
Hoog im Februar des vergangenen Jahres eine Verabredung mit
unserem Gigolo in Wilhelmshaven hatte. Das ist der letzte Chat
zwischen den beiden.«

»Dann ist der tödliche Unfall, von dem de Hoog gestern sprach, wahrscheinlich auf der Fahrt nach Wilhelmshaven passiert«, stellte Bert fest.

»Stimmt. Nach dem Unfallbericht in unserem Archiv ist seine Frau auf der B 210 bei einem Schneeschauer mit dem Auto ins Rutschen gekommen und voll in einen ihr entgegenkommenden Traktor gekracht. Sie war auf der Stelle tot.«

»Für den Rest braucht man nicht viel Fantasie«, übernahm Nina das Wort. »Der Ehemann erhält die Hinterlassenschaften seiner Frau aus dem Auto. Natürlich auch ihr Handy. Dann stößt er auf den Chat mit Hölter und weiß, warum seine Frau da unterwegs war.«

»Und damit aber auch, was der auslösende Grund für den Tod seiner Frau war«, fügte die zur Sensibilität neigende Silke hinzu.

»Der Mann hat gestern an seiner Haustür ja nicht viel gesagt«, meinte Bert. »Aber in Bezug auf seinen Stiefsohn wurde er doch ziemlich emotional. Wenn man sich vorstellt: Die Frau ist vermögend und kauft das Haus, bezahlt mit ihrem Geld auch das Material der Sanierung, wonach ihr offensichtlich brotloser Künstler das Haus handwerklich erst zu dem Schmuckstück macht, das Nina und ich vor einigen Jahren gesehen haben. Mal abgesehen von den Skulpturen. Und dann wird er vom Stiefsohn nach dem Tod seiner Frau aus dem Haus gejagt, weil der ja nur das von seiner Mutter investierte Geld im Fokus hat. Ich kann seine Verbitterung verstehen.«

»Unter diesen Umständen wundert mich auch der Zustand des Grundstücks nicht«, griff Nina den Gedanken auf. »Den scheint der Tod seiner Frau ja wirklich völlig aus der Bahn geworfen zu haben. Wie er gestern erwähnte, ist er ohne Job. Obwohl ich das eigentlich nicht verstehe, denn handwerklich ist er doch ganz offensichtlich sehr begabt.«

»Nina, wie du schon sagtest, der Tod seiner Frau und wahrscheinlich auch der WhatsApp-Chat haben den völlig aus der Bahn geworfen. Das wäre nicht das erste Mal, dass uns so etwas begegnet. Man fragt sich, von was lebt der Mann seit dem Tod seiner Frau?«

145

»Vielleicht von Sozialhilfe und ein paar Nebenjobs«, dachte Silke laut nach. »Das könnte ich doch gleich mal klären. Eine alte Schulfreundin von mir arbeitet da auf dem Amt.«

»Du kannst mein Telefon nehmen, dann hören wir gleich mit«, bot ihr Chef an.

»Danke, Bert! Ich ruf sie auf ihrem Handy an und stelle auf laut. Auf dem Diensttelefon erreicht man sie meist schlecht.« Es dauerte nicht lange, und dann hatte Silke ihre ehemalige Schulfreundin auf deren Handy erreicht. Nachdem sich die beiden begrüßt und ein paar nette Worte miteinander gewechselt hatten, sagte Silke: »Wir haben da einen Fall, und in dem Zusammenhang hätte ich eine Frage zu einem Künstler, dessen Frau auf tragische Weise bei einem Unfall ums Leben gekommen ist. Uns macht besorgt, dass das den Künstler total aus der Bahn geworfen zu haben scheint. Er heißt Ulfert de Hoog.«

»Silke, du weißt, eigentlich dürfte ich dir ohne offizielle Anordnung nichts sagen. Aber mir tut er auch irgendwo leid. Insbesondere, weil ihn sein Stiefsohn schon versucht hat aus dem Haus zu klagen. Dabei hat der Geld genug. Jedenfalls hat der in zweiter Instanz recht bekommen, und das Haus wird in Kürze abgerissen. Zu dem Grundstück gehören auch noch ein paar verpachtete Äcker. Und es gibt da ein Angebot für einen kleinen Windpark. Die Pacht bekommt der Stiefsohn. Daher erhält der de Hoog von uns Bezüge. Macht wohl auch hin und wieder Aushilfsjobs.«

Nachdem Silke sich bedankt und das Telefonat beendet hatte, sagte Nina: »Jetzt wissen wir, warum sich der Mann auch nicht mehr um das Grundstück bemüht.«

»Nina, ich verstehe dein Mitgefühl. Aber es hilft nichts. Wir müssen die Staatsanwaltschaft informieren. Wir brauchen einen Haftbefehl und einen Durchsuchungsbeschluss. Bei allem Verständnis dafür, dass er, ausgelöst von dem erotischen Abenteuer seiner Frau, sie nicht nur verloren hat, sondern auch noch seiner Existenz beraubt wird und auf die Straße muss. Natürlich könnte man als rational denkender Mensch sagen: Der Mann ist handwerklich begabt, warum sucht er sich nicht einen entsprechenden Job und zieht in eine Mietwohnung?«

»Das sagt sich so leicht dahin«, unterbrach Nina ihren Mann. »Aber so, wie ich den gestern erlebt habe, erinnert mich das an eine Posttraumatische Belastungsstörung. Der Mann gehört in psychiatrische Behandlung, damit er sein Leben wieder in den Griff bekommt.«

»Trotzdem, Nina, Mord bleibt Mord, auch wenn unter mildernden Umständen. Aber darüber haben nicht wir, sondern das Gericht zu entscheiden«, erwiderte Bert. Dann fuhr er an Oke gewandt fort: »Also, Oke, du hast die Fakten ja schon aufbereitet. Übertrage mir diese auf meinen PC. Ich werde das dann gleich mit ein paar ergänzenden Sätzen an die Staatsanwaltschaft weiterleiten.«

Gegen Mittag lagen bereits der richterliche Haftbefehl und der Durchsuchungsbeschluss im Kommissariat vor. Bert rief sein Team und die Leute von der Spusi im Besprechungsraum zusammen. Dann sagte er: »Wir können gleich starten. Soko-Team Einsatzausrüstung! Spusi das Übliche! Ich habe mit dem Staatsanwalt gesprochen und ihm nochmal die Situation an de Hoogs Haus geschildert. Wir haben uns entschlossen, auf eine SEK-Unterstützung zu verzichten. Der Mann ist offensichtlich psychisch angeschlagen, was ihn zwar in gewisser Weise unberechenbar macht, aber er ist eigentlich nicht kriminell, hat auch keine Vorstrafen. Daher gehen wir davon aus, dass er auch keine weiteren Waffen im Haus haben wird. Sobald er die Tür öffnet, werden Oke und ich, je nachdem, wie er sich verhält, gegebenenfalls gleich zugreifen und ihn festsetzen.«

»Ein Schwächling scheint er aber auch nicht gerade zu sein«, zeigte sich Nina etwas besorgt, beruhigte sich dann allerdings auch selbst gleich wieder: »Aber dass ihr beide Schwächlinge wärt, kann man auch wahrlich nicht sagen. Hinzu kommt, dass ihr ausgebildet und trainiert seid. Zudem kann ich mir bei dem auch nicht vorstellen, dass er schon mit einer Waffe an die Haustür kommt.«

Bert hatte ein Google-Maps-Bild über den Beamer an die Wand geworfen. Es zeigte das Haus und das Grundstück, noch in gepflegtem Zustand, als wohl auch noch genügend Geld für die

Bezahlung eines Gärtners zur Verfügung stand. Denn es waren noch die Blumenbeete um das Haus zu erkennen. Vor der eigentlichen Zufahrt zum Haus machte die Straße einen leichten Knick.

Bert zeigte mit einem Zeigestock dahin und sagte: »Hier steht mein Führungsfahrzeug, alle anderen dahinter! So kann man durch die Büsche entlang der Straße und der Zufahrt den Aufmarsch vom Haus aus nicht sehen. Oke fährt bei mir mit. Nina und Rita fahren den Einsatzbus dahinter. Dann folgen die Fahrzeuge der Spusi und für den Notfall ein Rettungswagen der Feuerwehr, der schon angefordert ist. Wir fahren mit Blaulicht als Kolonne, aber ohne Horn. Sobald wir in Hofnähe kommen, schalten wir das Blaulicht ab. Ihr orientiert euch am Führungsfahrzeug. So weit klar?«

Als alle nickten, fuhr er fort: »Oke und ich gehen dann zügig auf das Haus zu. Nina und Rita folgen, sobald sie aus der Deckung sehen, dass wir mit de Hoog sprechen. Dazu noch Fragen?« Als keine kamen, gab Bert die Anweisung: »Dann los!«

Es waren nur wenige Kilometer auf der B461 in Richtung Carolinensiel, dann bog das Führungsfahrzeug schon auf einen asphaltierten Feldweg ab und erreichte wenige Kilometer später den Einsatzort. Bert hatte das Blaulicht bereits abgeschaltet. Als alle Fahrzeuge standen, stiegen er, Oke und die beiden Kommissarinnen aus ihren Fahrzeugen aus.

Es waren von der Biegung bis zum Haus keine dreißig Meter, dann standen die beiden Beamten vor der Tür und Bert drückte die Klingel. Im Haus rührte sich nichts. Er wiederholte das noch zwei Mal, dann winkte er Nina und Rita heran.

»Rita, du bleibst mit gezogener und schussbereiter Pistole hier vor der Tür. Nina und Oke, ebenfalls schussbereit, geht rechts um das Haus und ich linksherum.«

Hinter dem relativ kleinen Gulfhof befand sich eine große überdachte Terrasse mit Hollywoodschaukel und einer kleinen Lounge. Es war niemand zu sehen. Nur die Terrassentür war angelehnt. Schon auf dem Weg am Gebäude vorbei bemerkten die Polizisten an den Fenstern, dass die kleine Scheune in Wohnraum umgebaut worden war.

Bert näherte sich der leicht geöffneten Tür, von Oke und seiner Frau gedeckt. Vorsichtig drückte er die Tür auf, sprang dann von Oke und seiner Frau gefolgt hinein und rief: »Polizei!«

Drinnen rührte sich nichts. Die Beamten sicherten einen Raum nach dem anderen. Bert öffnete vorne die Haustür, sodass auch Rita bei der Sicherung unterstützen konnte. Dann wiederholten die Polizisten die Vorgehensweise von unten auch im oberen Geschoss des früheren Wohngebäudeteiles. Aber auch hier war niemand.

Am Ende eines kleinen Ganges, von dem links und rechts je zwei Türen abgingen, befand sich eine Tür, die offensichtlich auf den Boden über der ehemaligen Scheune führte. Bert öffnete sie vorsichtig, erneut laut »Polizei« rufend. Dann sprang er von Oke gefolgt hinein. Alles blieb still. Nina und Rita folgten ebenfalls. Durch zwei kleine Dachfenster drang nur wenig Licht in die Mitte des riesigen Dachbodens.

Nina fand neben der Tür einen Lichtschalter und betätigte diesen. Dann sahen die Beamten im hinteren Teil des Dachbodens den Künstler. Er hatte sich am Giebelbalken erhängt. Unter ihm lag eine umgestürzte Leiter.

Bert lief auf den Mann zu, der immer noch mit der Dreiviertel-jeans und dem T-Shirt bekleidet war. Er berührte ihn an der Wade und sagte dann: »Der hat es hinter sich. Eiskalt, der Tod muss schon gestern Abend oder heute Nacht eingetreten sein.«

Nina hatte inzwischen die Spusi per Funk informiert und veranlasst, dass der Rettungswagen wieder abziehen konnte. »Das ist nur noch ein Fall für den Bestatter und die Rechtsmedizin«, sagte sie und fügte dann noch hinzu: »Ehrlich gesagt, hatte ich sowas schon befürchtet.«

»Ich auch«, erwiderte Bert. »Ich wollte nur nicht unken.«

»Damit hat de Hoog die Ankündigung gegenüber seinem Stiefsohn, dieses Haus nur mit den Füßen voraus zu verlassen, wahr gemacht«, sagte Nina, während Rita schon nach unten gegangen war, um die Spusi einzuweisen.

Als Nina und Bert runterkamen, stand der Leiter der Forensik im Flur und sprach mit Rita. Seine Leute holten gerade ihr Equipment aus ihren Fahrzeugen. »Ich hab schon gehört, er hängt oben«, sagte Sören.

»Ja, war wohl nach der Vorgeschichte fast zu erwarten«, antwortete Bert. »Ich habe gerade beim Herstellen der Sicherheit in dem einen Raum da vorne sowas wie einen Abschiedsbrief gesehen. Es ist wohl ein kleines Büro, da liegen mehrere gedruckte DIN-A4-Seiten neben der PC-Tastatur. So genau konnte ich vorhin nicht hinschauen, die Sicherheit ging vor.«

»Ich kann ja schon mal die Rechtsmedizin verständigen«, sagte Rita. »Dann könnten Oke und ich im Einsatzbus doch sicher schon wieder zur Dienststelle zurückfahren.«

»Das ist okay«, antwortete Bert. Dann zogen er und Nina sich Handschuhe und die Überzieher für die Schuhe an. Sören hatte bereits sein Ganzkörperkondom an, wie er seine Schutzbekleidung gerne nannte. Dann zeigte Bert seinem Kollegen den angesprochenen Raum. Nachdem Sören davon einige Fotos gemacht hatte, schaute er auf die zuoberst liegende Seite und las vor:

»Liebe Leserin und lieber Leser,

wenn ihr diesen Brief lest, dann bin ich schon bei meiner geliebten Hilka. Ja, ich liebe sie immer noch genauso wie früher. Sie ist das Opfer eines skrupellosen Verführers geworden, der dafür von mir seine gerechte Strafe erhalten hat!«

Dann zeigte Sören auf einen Drucker mit Kopierfunktion, der neben dem Schreibtisch auf einem Aktenbock stand, und sagte: »Ich glaube, den Abschiedsbrief braucht ihr auch so schnell wie möglich. Mal schauen, ob der Kopierer funktioniert.«

Nachdem er diesen eingeschaltet hatte, ließ er den Abschiedsbrief zweimal durch den Kopierer laufen. Das Original packte er dann in eine Plastikhülle.

»Sören, du hast recht, der Abschiedsbrief ist im Moment das Wichtigste für uns. Dann können Nina und ich auch zur Dienststelle zurückfahren, euch hier das Feld überlassen und schon mal die Staatsanwaltschaft vorinformieren.«

***

Nina fuhr den Wagen zurück zur Dienststelle, sodass Bert von unterwegs schon den Staatsanwalt informieren konnte. Als die beiden Berts Dienstzimmer betraten, wurden sie bereits von ihrem Team am Besprechungstisch erwartet. Silke hatte inzwischen Teilchen besorgt und Kaffee vorbereitet. Über das Ergebnis der Verhaftungsaktion hatten sie Rita und Oke schon in Kenntnis gesetzt.

»Wenn auch anders als erwartet, Fall ist gelöst, und das sollte uns ein Kaffee mit Teilchen wert sein«, sagte Silke.

»Dem gibt es nichts hinzuzufügen«, sagte der Soko-Leiter, »außer: Super mitgedacht, liebe Silke, und ein herzliches Dankeschön an das ganze Team. Ihr habt tolle Arbeit geleistet! Aber jetzt lassen wir uns erst einmal die Teilchen zum Kaffee schmecken. Die Kosten dafür übernehme ich. Danach beschäftigen wir uns mit dem mehrseitigen Abschiedsbrief, den Sören uns als Kopie mitgegeben hat.«

Nachdem die Kuchenteilchen vertilgt waren, nahm sich Bert den besagten Brief. »Ich lese den mal vor, dann sind wir alle gleichzeitig informiert und können anschließend noch darüber sprechen. Für weitere Aktionen müssen wir die Ergebnisse der Forensik und der Rechtsmedizin abwarten. Wobei für mich feststeht: Ulfert de Hoog hat sich gestern Abend oder in der Nacht selbst erhängt. Auf den ersten Blick war nicht zu erkennen, dass hier jemand nachgeholfen hätte. Das wird sicher auch dieser Abschiedsbrief bestätigen.

Liebe Leserin und lieber Leser,

wenn ihr diesen Brief lest, dann bin ich schon bei meiner geliebten Hilka. Ja, ich liebe sie immer noch genauso wie früher. Sie ist das Opfer eines skrupellosen Verführers geworden, der dafür von mir seine gerechte Strafe erhalten hat!

Übrigens verzeiht meine persönliche Ansprache, obwohl wir uns ja gar nicht kennen. Aber stellt euch einfach vor, ich würde hier aus dem Jenseits mit euch sprechen. Ich denke, da gibt es keine Förmlichkeiten mehr.

Als gestern zwei fremde Personen unangemeldet vor der Tür standen und mir als Vorwand meinen Flyer zeigten, wusste ich sofort, mit wem ich es zu tun hatte. Ich kannte zwar weder den Namen der Frau noch den des Mannes. Aber mit meinem Fernglas hatte ich beide in Zivil bei dem Strandkorb gesehen, in den ich den Zerstörer zweier Leben abgelegt hatte. Daher wusste ich auch, dass für mich die Glocke für mein letztes Stündlein geschlagen hatte. Ich konnte mir zwar in dem Moment nicht erklären, wodurch ihr auf mich als den wahren Rächer gekommen seid. Erst nach längerem Nachdenken kam ich darauf, dass der Leben-Zerstörer seinen WhatsApp-Chat ja wahrscheinlich auch auf seinem PC oder Notebook haben würde. Da hatte es mir nichts genützt, dass ich sein Handy an mich genommen und es zerstört habe.

Liebe Polizisten, ich bin euch nicht böse, dass ihr mich aufgespürt habt. Es musste ja eigentlich sogar so kommen, denn ihr brauchtet aus den Chats des perfiden Verführers meiner Frau nur die gleichen Schlüsse zu ziehen wie ich. Es war sogar gut, dass ihr mich gestern – wenn auch unter falschen Vorwand – aufgesucht habt. Dadurch habe ich bemerkt, es ist an der Zeit zu gehen. Wer weiß, ob ich das, was ich für meinen Übergang zu meiner Frau vorgesehen habe, in einer Zelle noch hätte realisieren können. Daher bin ich euch irgendwie sogar dankbar!

Ein Wort noch dazu, warum ich das hier alles so detailliert aufschreibe: Ich war immer ein ausgesprochener Fan von Krimis, egal, ob in Form von Büchern oder im Fernsehen. Aber ich habe es immer gehasst, wenn am Schluss keine Aufklärung stattfand. Daher hier die Informationen, von denen ich annehme, dass ihr mich das auch beim Verhör gefragt hättet. Dazu wird es aber keine Gelegenheit mehr geben, denn dann weile ich bereits bei meiner geliebten Frau, wo das auch immer sein wird.

Um mir selbst den Übergang zu erleichtern, habe ich ein Medikament zur Beruhigung eingenommen. Das beginnt auch schon zu wirken. Ich fühle mich ganz entspannt und freue mich auf das Wiedersehen mit meiner Hilka.

Jetzt komme ich zu den Fragen, die ihr mir sicher gestellt hättet. Vielleicht vorab: Mir kam gestern, nachdem ich die Tür hinter mir zugeschlagen hatte, noch der Gedanke, dass meine Bemerkung über meinen Stiefsohn und den juristischen Streit missverstanden werden könnte. Möglicherweise war dadurch bei euch der Eindruck entstanden, dass meiner vermögenden Frau meine Absicherung egal gewesen wäre. Dem ist jedoch nicht so, auch wenn ihr Sohn Alleinerbe ist und es daher vielleicht so aussieht.

Das wusste ich von Anfang an, dass er mal alles erben würde. Das beträchtliche Vermögen meiner Frau basierte auf einem Ehevertrag mit dem Vater ihres Sohnes. Was dieses Haus betrifft, hat sie für mich ein Wohnrecht auf Lebenszeit eintragen lassen. Und wir hatten ein gemeinsames Konto. An dieses kam ich aber nach ihrem Tod nicht mehr heran. Mit meinem Stiefsohn habe ich mich, als er noch hier mit im Hause wohnte, immer gut verstanden. Nachdem er aber bei seinem leiblichen Vater mit in dessen Unternehmen eingestiegen war, änderte sich das Verhältnis dramatisch. Den Grund könnt ihr euch denken.

Mit dem Tod meiner Frau ging auch die Hälfte des gemeinsamen Kontos mit der gesamten Erbmasse in den Besitz des Sohnes über. Und da sein Vater und der Bankdirektor eng befreundet waren, wurde für mich der Kontenzugang gesperrt, sodass jetzt die Juristen über meinen Anspruch auf Wohnrecht und meinen Kontenzugang streiten. Das alles hatte meine geliebte Frau nicht vorhersehen können.

So, jetzt komme ich zu euren Ermittlungsfragen (bin ja Krimi-Fan). Die Frage, wie ich die eigentliche Ursache für den Tod meiner Frau, der auch mein Leben völlig aus der Bahn geworfen hat, herausgefunden habe, ist ja schon beantwortet. Nämlich genauso wie ihr (sonst wäret ihr ja wohl kaum bei mir aufgetaucht) aus den WhatsApp-Chats, die mich zudem aber auch noch sehr tief verletzt haben!

Die nächste Frage wäre sicher, was ich unternommen habe, um diesen skrupellosen Verführer aufzuspüren. Die Antwort erhielt ich aus den WhatsApp-Chats auf dem Handy meiner Frau, welches sie bei ihrem tödlichen Unfall in ihrer Handtasche gehabt hatte. Weitere Einblicke in die Chats des Verführers erhielt ich später, nachdem ich mir diese von seinem Handy heruntergeladen hatte, bevor ich dieses zerstört habe. Daraus konnte ich entnehmen, dass meine Frau bei Weitem nicht die einzige war, mit der er seine offensichtliche Sexsucht auslebte. Im Gegensatz zu den anderen musste meine Frau dafür mit ihrem Leben bezahlen! Denn wenn sie diese Verabredung in Wilhelmshaven nicht gehabt hätte, würde sie heute noch leben!

Ich weiß, jetzt werdet ihr mir als Argument entgegenhalten, dass meine Frau auch zumindest eine Mitschuld hat. Man sagt ja, zu einem Seitensprung gehören immer zwei. Das stimmt sicher auch in den meisten Fällen. Aber in diesem Fall – und das gilt sicher für die meisten anderen seiner Sex-Gespielinnen auch – waren es vor allem seine geschickten und perfiden Verführungskünste! Lest mal seine Chats, die bestimmt manche eigentlich treue Ehefrau haben schwach werden lassen!

Dann werdet ihr euch sicher die Frage stellen, wie ich seine Gewohnheiten herausbekommen habe, wodurch ich ihm dann an dem besagten Mittwochmorgen in einem der Strandkörbe in Neuharlingersiel auflauern konnte. Ihr werdet es nicht glauben, aber die hat er mir selbst erzählt. Für ihn war ich einer von vielen Stammgästen im Dattein. Er kannte mich ja nicht und wusste nicht, dass es meine Frau war, die nicht zum Date nach Wilhelmshaven kam, weil sie einen tödlichen Unfall hatte.

Dass er im Dattein als Saisonkellner arbeitete, wusste ich aus seinen Chats mit den jeweiligen Opfern. Ein Beispiel dazu war auch seine Vermieterin, deren Mann ihm schließlich mit Rausschmiss drohte, dem er dann aber zuvorkam, indem er im Camper der Köchin des Dattein einzog.

Dann wird euch sicher noch die Frage auf der Seele brennen, woher meine Waffe mit Schalldämpfer kam. Da muss ich gestehen, das war ein Zufall, der mich dann auch erst auf die Idee brachte, den Typen von hinten zu erschießen. Obwohl ich als handwerklicher Künstler über einige Kräfte verfüge, war ich nicht so vermessen zu glauben, mich auf einen offenen Kampf mit ihm einlassen zu können. Auch davor haben mich seine Chats bewahrt. Im Dattein machte er aus seinen Wettkampferfolgen keine Show. Und da er ein schlanker Typ war, sah man ihm seine Kraft und Schnelligkeit nicht an.

Ach ja, jetzt hätte ich beinahe doch vergessen zu erzählen, wo die Waffe herkam. Ich nehme an, dass das Beruhigungsmedikament inzwischen stark wirkt, sodass ich wohl langsam zum endgültigen Schluss auf dieser Welt kommen muss. Meine Frau hat den Gulfhof von einem Bauern ohne Nachkommen gekauft, der selbst keine Landwirtschaft mehr betrieb und bereits im Altenheim wohnte. Den Gulfhof hatte ein Krimineller gemietet, der eines Tages verhaftet wurde und dann für viele Jahre in den Knast ging.

Als ich den Dachboden über der Scheune sanierte, fand ich unter einer Diele die Pistole mit dem Schalldämpfer und einer Menge Munition. Meiner Frau sagte ich darüber nichts und ließ die Waffe einfach da, wo ich sie gefunden hatte. Nach dem Tod meiner Frau und meinen Erkenntnissen aus ihren Handy-Chats war ich auf der Suche nach einer Möglichkeit, Gerechtigkeit herzustellen. Und da fiel mir die Pistole wieder ein. Da genügend Munition da war, habe ich bei uns im Garten fleißig geübt. Das Ergebnis kennt ihr. Dabei machte mich besonders zufrieden, dass der perfide Verführer noch am Leben war, als ich ihn aufhob und zu einem Strandkorb schleppte. Seine offenen Augen und sein Stöhnen zeigten mir, dass er selbst mitbekam, wie er langsam unter höllischen Schmerzen innerlich verblutete.

Schließlich brachen seine Augen und es erfüllte mich eine große Zufriedenheit. Ich lief zur Helling und schleuderte die Pistole dort ins Wasser. Sie hatte ihren Zweck erfüllt. Wenn ihr Taucher mit starken Magneten einsetzt, dürftet ihr sie finden. Das Wasser ist da ja nicht so tief.

So, jetzt kann ich sagen, es ist vollbracht und ich gebe mich jetzt in die Arme meiner geliebten Frau, die mir in der letzten Zeit immer wieder im Traum begegnet ist und auf mich wartet.

Lebt wohl und ich wünsche euch, dass ihr noch viele solcher Leben-und-Beziehungen-Zerstörer hinter Schloss und Riegel bringt.

Euer Ulfert de Hoog

Hier endet sein Abschiedsbrief«, schloss Bert.

Für einen Moment herrschte Schweigen. Das mussten auch die erfahrenen Kriminalisten erst einmal sacken lassen.

Schließlich sagte Nina: »De Hoog hat sehr gut erkannt, was wir ihn gefragt hätten. Bert, ich hatte doch gestern auf dem Rückweg von unserem Kurzbesuch bei dem Mann noch gesagt, dass ich gar nicht verstehen kann, dass die so vermögende Frau nicht besser für ihren Mann vorgesorgt hat. Jetzt haben wir die Antwort, dass da offensichtlich der Vater ihres Sohnes dahintersteckte.«

»Da hast du recht«, bestätigte Bert. »Und mit dem gemeinsamen Konto bewegt sich das, was der Sohn gemacht hat, wohl fast in einem rechtsfreien Raum. Es wird ja auch Eheleuten im Zusammenhang mit Testamenten immer wieder empfohlen, gerade bei Bankkonten auf die richtigen Vereinbarungen zu achten, und vor allem darauf, dass diese auch noch nach dem Tod eines Partners gelten! Das wird nämlich häufig vergessen. Man hört immer wieder davon, dass dann der hinterbliebene Ehepartner nicht mehr an die Konten kommt, bevor das Nachlassgericht diese nicht freigegeben hat.«

»Und da schließt sich hier der Kreis bei de Hoog«, fügte Nina hinzu. »Genau darüber streiten sich die Juristen der Beteiligten noch mit dem Nachlassgericht, wodurch er ohne Job auf Sozialleistungen des Staates angewiesen ist.«

»Und wenn er Künstler war«, setzte Rita noch einen drauf, »dann hat er bestimmt auch weder in die Arbeitslosenversicherung noch in die Rentenkasse eingezahlt. Hätte er ja eigentlich nach seiner Eheschließung mit einer sehr vermögenden Frau auch nicht gebraucht. Hätte, hätte, Fahrradkette.«

»Egal, da, wo er jetzt ist, braucht er das alles auch nicht mehr. Und unsere Fragen hat er tatsächlich in seinem Brief umfassend beantwortet. Dabei möchte ich aber nicht unerwähnt lassen, dass wir die Mordkommission sind und dass das Verführen – auch verheirateter Frauen – kein Straftatbestand ist«, setzte der Soko-Leiter einen Schlusspunkt unter die Diskussion.

Epilog

Wochen waren ins Land gegangen. Der Tod von Benjamin Hölter hatte sich mit dem umfassenden Abschiedsbrief, den Ulfert de Hoog hinterlassen hatte, schon lange aufgeklärt.

Noch an dem Tag, als die Ermittler de Hoogs Leiche fanden, hatten sie von Afke aus Mallorca die Bestätigung erhalten, dass Hilka de Hoog ihre seinerzeitige Tischnachbarin im Dattein gewesen war.

Das Wittmunder Soko-Team mit den Kommissaren Bert Linnig, Nina Jürgens, Silke Jansen, Rita Schneider und Oke Helmers hatte mit Unterstützung des Forensikers Sören Nansen und seinem Team wieder einen kniffeligen Mordfall gelöst!

Zusätzlich hatten sie noch dazu beigetragen, dass ein bislang ungesühntes Verbrechen aufgeklärt worden war und der Täter seine gerechte Strafe erhielt. Denn basierend auf ihren Ermittlungserfolgen konnte sogar ein Cold Case neu aufgerollt und erfolgreich abgeschlossen werden. Julian Bergmann wurde des Mordes an Nico Kühne für schuldig befunden und ging für fünfzehn Jahre ins Gefängnis. Seine inzwischen geschiedene Ehefrau Anne Bergmann verzichtete auf eine nachträgliche Anzeige wegen häuslicher Gewalt und Stalking. Sie wollte mit diesem Teil ihrer Vergangenheit einfach nur noch abschließen und nicht noch monatelange Prozessverfahren ertragen, wodurch ihre unangenehmen Erinnerungen immer wieder aufs Neue aufgewühlt worden wären.

Der Vermieter Kurt Bartels hatte, nachdem er aus dem Koma erwacht war, umfassend ausgesagt. Er gestand ein, dass er Hölter bei der Helling aufgelauert hatte, mit der Absicht, diesen zu verprügeln, um sich auf diese Weise dafür zu rächen, dass Hölter seine Frau zum Seitensprung verführt hatte. Dass er sich damit auf einen wettkampferprobten Kickboxer einlassen würde, war ihm nicht bewusst gewesen. Seine Frau bereute ihren Seitensprung, und er verzieh ihr, weil er sie als eine Verführte ansah.

Felix Schulte hatte noch auf dem Campingplatz in Neuharlingersiel seine Freundin Mia Heese gefragt, ob sie seine Frau werden wolle.

Und sie wollte. Die beiden waren mit ihren Verlobungsringen sogar noch vor ihrer Heimfahrt nach Oldenburg bei Nina und Bert im Kommissariat vorbeigefahren, um sich dort zu verabschieden. Über sein Geldversteck sprach er aber weder mit Mia noch mit den Kommissaren. Insgeheim sah er das als seine Haftentschädigung für die zu Unrecht verbüßte langjährige Gefängnisstrafe an.

Die verschwundene Kleinkaliberpistole des Sicherheitskuriers war nach einigen Wochen plötzlich wieder aufgetaucht. Angeblich hatte diese in einem der Ersatzstiefel in seinem Spind gesteckt, wo aber niemand nachgeschaut hatte. Da dem Mann nichts anderes nachzuweisen gewesen war, ließ der Firmenchef es bei einer Verwarnung.

ENDE

Liebe Leserin, lieber Leser,

es freut mich sehr, dass »Strandkörvmord in Neuharlingersiel«, der neunzehnte Band meiner Ostfrieslandkrimi-Serie »Die Kommissare Bert Linnig und Nina Jürgens ermitteln«, Ihr geschätztes Interesse gefunden hat! Noch mehr würde es mich natürlich freuen, wenn Sie durch die Lektüre meines Buches durchgehend eine spannende Unterhaltung gefunden haben.

Dann wäre ich Ihnen für eine Rezension oder eine Rückmeldung per E-Mail (rolf-uliczka@ewetel.net) sehr dankbar. Auch konstruktive Kritik ist sehr hilfreich, damit habe ich die Möglichkeit, weiter an mir als Autor zu arbeiten.

Da der Onlinehandel Sie automatisch zur Abgabe einer Rezension auffordern wird, ist das dort für Sie ganz einfach. Sie brauchen nur den Links zu folgen. An dieser Stelle schon meinen herzlichsten Dank! Denn was für den Künstler auf der Bühne der Applaus ist, das ist für den Autor eine positive Rezension.

Sollten Sie sich für weitere Fälle aus meiner ersten Ostfrieslandkrimi-Serie »Die Kommissare Bert Linnig und Nina Jürgens ermitteln« oder aus meiner zweiten Ostfrieslandkrimi-Serie »Kommissarin Femke Peters ermittelt« interessieren, dann finden Sie diese unter:

meiner Website: www.rolf-uliczka.de
oder auf meiner
Facebook-Fanpage: www.facebook.com/Rolf-Uliczka-753214611363796
oder unter meinem Autorennamen beim
Klarant Verlag: www.klarant-verlag.de/
Und beispielsweise bei Amazon, Thalia, Hugendubel, Kobo oder der Diversus-Buchhandlung.

Herzliche Grüße
Ihr Rolf Uliczka

Ein herzliches Dankeschön geht an den Gründer und Administrator der Facebook-Gruppen *wi sünd Oostfreesen un dat mit Stolt* und *Leckerst un Best van stolt Oostfreesen*, Siegfried Klock, für seine Übersetzungen einiger Passagen des Buches in Ostfriesenplatt,

Einen herzlichen Dank möchte ich Polizeioberkommissar a. D. Rolf Thoben sagen, der auf meine fachlichen Fragen immer kompetente Antworten hat! Wobei ich darauf hinweisen möchte, dass meine Beschreibung der Polizeiarbeit trotz mancher Realitätsnähe reine Fiktion ist.

Ein Dankeschön geht an den Inhaber der Kultkneipe Dattein im Kutterhafen von Neuharlingersiel, Berthold Kissmann, dafür, dass einer der Protagonisten des Buches fiktiv dort eine Anstellung als Saisonkellner haben darf und auch Szenen im Lokal spielen dürfen.

Ein ebensolcher Dank geht an den Inhaber des Restaurants Harle-Stübchen in Wittmund, Lars Ch. Kröger! Mit seinem Nebenstübchen führt er fiktiv das Stammlokal des Wittmunder Soko-Teams.

Vielen Dank an Franziska Liesmann, die im Buch namentlich eine fiktive Rolle als Bewährungshelferin für einen der Protagonisten übernommen hat!

Einen ganz besonderen Dank möchte ich an meine liebe Frau richten, die mich wieder mit viel Geduld und konstruktiver Kritik beim Schreiben begleitet hat!

Ostfrieslandkrimi-Empfehlungen
des Klarant Verlages

In der Reihe »**Bert Linnig und Nina Jürgens ermitteln**« von Rolf Uliczka sind bereits folgende spannende Ostfrieslandkrimis als Taschenbuch und eBook erschienen:

»Hafenmord in Carolinensiel«, Band 1
Taschenbuch-ISBN: 978-3-95573-798-6
eBook-ISBN: 978-3-95573-799-3

»Serienmord in Neuharlingersiel«, Band 2
Taschenbuch-ISBN: 978-3-95573-800-6
eBook-ISBN: 978-3-95573-801-3

»Bauernmord in Bensersiel«, Band 3
Taschenbuch-ISBN: 978-3-95573-802-0
eBook-ISBN: 978-3-95573-803-7

»Wattmord in Carolinensiel«, Band 4
Taschenbuch-ISBN: 978-3-95573-804-4
eBook-ISBN: 978-3-95573-805-1

»Sektenmord in Neuharlingersiel«, Band 5
Taschenbuch-ISBN: 978-3-95573-866-2
eBook-ISBN: 978-3-95573-867-9

»Campermord in Bensersiel«, Band 6
Taschenbuch-ISBN: 978-3-95573-922-5
eBook-ISBN: 978-3-95573-923-2

»Kluntjesmord in Carolinensiel«, Band 7
Taschenbuch-ISBN: 978-3-95573-950-8
eBook-ISBN: 978-3-95573-951-5

»Strandmord in Neuharlingersiel«, Band 8
Taschenbuch-ISBN: 978-3-96586-031-5
eBook-ISBN: 978-3-96586-032-2

»Skippermord in Bensersiel«, Band 9
Taschenbuch-ISBN: 978-3-96586-079-7
eBook-ISBN: 978-3-96586-080-3

»Küstenmord in Harlesiel«, Band 10
Taschenbuch-ISBN: 978-3-96586-159-6
eBook-ISBN: 978-3-96586-160-2

»Fetenmord in Neuharlingersiel«, Band 11
Taschenbuch-ISBN: 978-3-96586-209-8
eBook-ISBN: 978-3-96586-210-4

»Deichbrückenmord in Bensersiel«, Band 12
Taschenbuch-ISBN: 978-3-96586-285-2
eBook-ISBN: 978-3-96586-286-9

»Utkiekermord auf Spiekeroog«, Band 13
Taschenbuch-ISBN: 978-3-96586-380-4
eBook-ISBN: 978-3-96586-381-1

»Wattführermord in Harlesiel«, Band 14
Taschenbuch-ISBN: 978-3-96586-489-4
eBook-ISBN: 978-3-96586-490-0

»Surfermord in Neuharlingersiel«, Band 15
Taschenbuch-ISBN: 978-3-96586-593-8
eBook-ISBN: 978-3-96586-594-5

»Anglermord in Altfunnixsiel«, Band 16
Taschenbuch-ISBN: 978-3-96586-702-4
eBook-ISBN: 978-3-96586-703-1

»Raddampfermord in Carolinensiel«, Band 17
Taschenbuch-ISBN: 978-3-96586-840-3
eBook-ISBN: 978-3-96586-841-0

»Peldemühlenmord in Wittmund«, Band 18
Taschenbuch-ISBN: 978-3-96586-985-1
eBook-ISBN: 978-3-96586-986-8

»Strandkörvmord in Neuharlingersiel«, Band 19
Taschenbuch-ISBN: 978-3-68975-153-1
eBook-ISBN:978-3-68975-154-8

Klarant Verlag

Lernen Sie die Ostfrieslandkrimi-Titel des Klarant Verlages kennen und besuchen Sie uns im Internet unter:

www.ostfrieslandkrimi.de

und

www.klarant.de

Sie können dort Näheres über unsere Autorinnen und Autoren erfahren, viele weitere interessante Bücher und eBooks finden und Leseproben herunterladen. Mit dem kostenlosen Newsletter auf

www.ostfrieslandkrimi-lesen.de

erhalten Sie aktuelle Informationen rund um das Verlagsprogramm, wie beispielsweise spannende Neuerscheinungen und Gewinnspiele.